- Sophie Dumoutet -

Mode d'emploi pour apaiser bébé

Illustrations : Qu Lan

Hatier
parents

Direction : Rachel Duc
Responsable éditoriale : Caroline Terral
Directeur artistique : Nicolas Vallet
Illustrations : Qu Lan
Couverture, graphisme et mise en page : Agnès Falandry
Chef de studio : Karine Alary
Fabrication : Cécile Labarthe

Sommaire

Introduction

Soufflez, tout va s'arranger !

Les parents sont souvent mis à bien rude épreuve durant les premiers mois avec leur bébé. Déjà, pendant la grossesse, la plupart sont souvent guidés (pour ne pas dire dirigés) dans un couloir où la marge de décision et de liberté est très étroite. Sans compter la famille ou les amis qui donnent chacun leur avis sur le bon mode d'accouchement ou la bonne manière d'accueillir un bébé quand ils ne donnent pas soudainement leur avis sur les prénoms potentiels de votre futur petit. Si les bonnes intentions sont parfois bénéfiques, elles peuvent aussi ébranler une confiance parentale mise à mal par une société qui ne cesse d'envoyer des injonctions aussi péremptoires que paradoxales.

Ce guide est à lui seul une bonne nouvelle : il n'existe pas de bonne réponse au QCM de la parentalité mais plutôt une palette large de situations aussi diverses que variées. Ce guide a pour socle des valeurs qu'il faut cultiver : **bienveillance, écoute, attention et humour.** Il suggère des « anti-commandements », des propositions, des invitations... C'est en somme une sorte de boîte à outils riche et variée, dans laquelle vous viendrez piocher au gré de vos expériences, de vos envies et de vos besoins. Car avec bébé, rien n'est figé ! Il ne vous donnera pas la « bonne et unique » direction à prendre mais vous orientera vers les bons repères et sur la route à suivre. Sachez cependant que cette route peut varier non seulement d'une famille à l'autre mais également d'un jour à l'autre. Le seul véritable guide est à l'intérieur de vous et il tient compte de l'ambiance, des besoins de votre bébé et des vôtres.

La première partie de cet ouvrage (voir p. 7) vous donnera les grandes lignes **pour comprendre les besoins fondamentaux de bébé** et y répondre de manière globale pour lui apporter apaisement et épanouissement. C'est très simple : bébé est un être humain à part entière, comme nous, adultes. Il a des besoins physiologiques, de sécurité, d'appartenance, d'estime et d'accomplissement. Nous parlerons en particulier des 4 piliers défendus par Jesper Juul : intégrité, authenticité, responsabilité et équi-dignité.

La deuxième partie de cet ouvrage (voir p. 32) vous apportera **des réponses concrètes et des solutions pratiques** qui non seulement vont permettre de créer un environnement matériel et humain favorable à l'épanouissement et au bien-être (physiologique, corporel, psychique, émotionnel, affectif) de votre bébé, mais aussi vous donner des clés pour l'apaiser lorsqu'une crise survient.

Le bien-être des parents ne sera pas oublié tant il est vrai que le bien-être de bébé dépend grandement du vôtre. Déculpabilisez-vous, car parfois vous avez beau tout essayer, rien ne fonctionne ! Une visite chez le médecin est toutefois à envisager dans certains cas, et toute cause médicale doit être écartée.

Pourtant, le plus important n'est pas toujours de faire cesser les pleurs de bébé, mais de les accueillir et de parler à votre tout-petit. Entendre une peine et la reconnaître, c'est déjà diminuer sa charge et surtout sa trace dans la mémoire psychique et corporelle. On ne peut pas toujours empêcher les souffrances, les frustrations, les erreurs ou les échecs. Ils nous font aussi grandir et nous sortent de notre zone de confort. Bébé veut parfois tout simplement pouvoir compter sur vos bras et sur votre bienveillance pour pleurer de tout son saoul !

Votre bébé n'attend surtout pas un parent parfait et encore moins « professionnel » (voudriez-vous d'un(e) partenaire professionnel(le) ?), mais un parent authentique qui est prêt à l'écouter sans s'oublier pour autant ! Pensez qu'un bon guide est avant tout un guide pour lui-même, et que votre bébé est le meilleur professeur de parent qui soit ! Ce sera à vous de construire une relation, saine, sincère et solide avec votre tout-petit qui deviendra grand.

À vous de jouer !

Partie 1

Les pleurs et expressions de mal-être de bébé

S'il y a bien un sujet qui préoccupe les parents, ce sont bien les pleurs et le mal-être qu'exprime leur bébé. Savoir répondre aux appels déchirants d'un tout-petit est bénéfique pour sa santé psychique et physiologique, mais aussi pour notre relation affective avec lui.

Il fut un temps où les pleurs d'un tout-petit ne soulevaient pas d'indignation ni de réactions ; « Il se fait les poumons » disait-on. De même, la plupart des traditions a bien souvent séparé la mère et l'enfant à la naissance, soi-disant pour son bien. La science et le 20e siècle nous ont fort heureusement démontré qu'un tout-petit a besoin de contact et d'affection pour se développer harmonieusement et qu'il a besoin de ses parents à la naissance car nous sommes des mammifères. Fort heureusement, donc, nous avons évolué vers plus de compréhension et d'écoute vis-à-vis de nos enfants. À tel point parfois que la parentalité « positive » est devenue un must, une obligation, un diplôme pour parents parfaits. De nombreuses formations censées nous donner des compétences d'écoute et d'éducation ont vu le jour. Pourtant, aucune formation, aucune méthode ne sauraient remplacer le contact direct, humain, imparfait entre un parent et son enfant. S'il n'existe pas réellement de méthode pour savoir comment calmer les pleurs d'un bébé, il existe tout de même des lignes directrices, une sorte de boîte à pharmacie pour apaiser les bobos du quotidien.

Comprendre et analyser la situation

Nous pouvons aborder les choses de diverses manières ou sous différents angles : matériel, affectif, physiologique, humoristique... Afin de ne pas oublier de solutions possibles, voici un récapitulatif non exhaustif des mesures que vous pouvez mettre en place pour le bien-être de votre bébé, et le vôtre !

★ Comprendre et connaître les raisons qui entraînent le mal-être d'un bébé.

★ Chercher des solutions qui vont apaiser son mal-être.

★ Mettre en place les mesures qui vont favoriser son bien-être et prévenir ses pleurs.

★ Si bébé est inconsolable malgré toutes les mesures mises en place, accueillir ses larmes sans chercher à les éteindre.

★ Prendre rendez-vous chez le médecin si les pleurs se poursuivent malgré vos essais infructueux.

★ Prendre soin de vous aussi et vous déculpabiliser.

★ Inviter votre meilleur(e) ami(e) à prendre le thé...

Ainsi, nous développerons cette vision globale pour mieux comprendre, prévenir, guérir, accueillir, rire et prendre soin de bébé.

Comment bébé exprime-t-il son mal-être ?

Pleurer est la manière la plus efficace pour un bébé d'exprimer son mal-être, mais pas le seul. En effet, se tortiller, pédaler, chercher votre regard et tourner sa tête pour indiquer où va son attention sont d'autres moyens de s'exprimer. Encore faut-il les repérer à temps, ce qui n'est pas toujours le cas. Les pleurs vont aussi crescendo et peuvent commencer par des grincements, des gémissements, des petits bruits, qui, s'ils ne sont pas compris ou entendus vont aboutir à un orage de pleurs ou de colère. Parfois, certains bébés prennent aussi sur eux puis éclatent en sanglots brusquement, sans raison. Le style de gémissements ou de pleurs peut renseigner sur la cause du malaise d'un bébé. Toutefois, dans le feu de l'action, votre présence attentionnée sera la meilleure attitude possible. D'ailleurs, certains bébés s'expriment peu ou pas et il vous faudra réagir à certains signes :

★ tremblements ;

★ extrémités froides ou transpiration ;

★ sommeil difficile ou au contraire trop de torpeur ;

★ manque d'appétit ;

★ rejet ;

★ regard fuyant ;

★ changement de comportement ;

★ apathie inhabituelle.

Si vous avez des doutes, consultez un médecin. Ce livre ne concerne pas les problèmes médicaux et même si les techniques apportées peuvent aider à atténuer certains symptômes, demandez toujours un avis médical si les pleurs persistent ! Quoi qu'il en soit, ne laissez pas pleurer votre tout-petit et accompagnez-le d'une manière ou d'une autre, même s'il semble inconsolable. Il y a des phases particulièrement intenses de stress comme les pleurs du soir entre 1 et 3 mois ou encore les pleurs des « coliques » du nourrisson reliés à la digestion (aussi physique que psychique). Enfin les pleurs de la nuit lorsque votre bébé ne parvient pas à se rendormir sont sans doute les plus angoissants car nous sommes alors nous-même dans un moment de grande vulnérabilité, surtout si cela dure depuis plusieurs mois.

Les besoins de bébé, la Pyramide de Maslow

Comprendre et répondre aux besoins de bébé, c'est éviter la majorité des désagréments ! Nous pouvons suivre la Pyramide des besoins (appelée aussi Pyramide de Maslow), avec une progression qui va des besoins physiologiques jusqu'au besoin de s'accomplir en passant par les besoins de sécurité, d'appartenance et d'estime. C'est un schéma rudimentaire mais il peut aider à comprendre comment apaiser un bébé en partant de ses besoins primaires pour aller vers des besoins plus subtils.

Voici une partition vue sous l'angle des bébés de l'ordre croissant de leurs besoins, sachant que chaque niveau communique avec les autres ! Par exemple, prendre bébé dans ses bras va répondre à tous ses besoins suivant comment nous le portons :

★ Les **besoins physiologiques** et **la sécurité corporelle**, grâce à la chaleur (voir p. 12) ;

★ Les **besoins de sécurité affective et d'attachement,** par le contact et le regard (voir p. 16) ;

★ Les **besoins d'harmonie familiale et d'appartenance,** car vous consolidez votre relation (voir p. 18) ;

★ Les **besoins d'autonomie et de liberté,** quand bébé s'en libère au fur et à mesure (voir p. 24).

Les besoins physiologiques et la sécurité corporelle

Le besoin d'alimentation

Bien sûr, c'est un besoin vital et essentiel. Cependant, sachez que si bébé recherche vos bras, ce n'est pas toujours parce qu'il a faim mais parce qu'il aime vos bras et que la meilleure nourriture est multiple. Le lait ne suffit pas, d'où qu'il vienne : sein ou biberon ! Ainsi, si vous donnez un biberon à bébé en le plaçant dos contre votre ventre, sans contact visuel, quelle tristesse ! Bébé a besoin de contact visuel, sinon c'est un peu comme manger un plat sans sel, cela n'a plus de saveur. Regardez votre bébé dans les yeux lorsque vous l'allaitez ou lui donnez le biberon, branchez-vous à lui corps et âme ! Enfin, pour éviter le stress de ce besoin parfois impérieux, devancez la faim de bébé avant même les premiers signes de pleurs, et cela d'autant plus quand il est jeune.

★ **À la naissance et pendant les premiers jours,** donnez le sein ou le biberon à bébé lorsqu'il se réveille. Cela évitera qu'il soit désorganisé et désemparé en ne trouvant pas ce qu'il cherche.

★ Au fur et à mesure qu'il grandit, **entre 15 jours et 2 mois,** on attend qu'il se manifeste et soit bien éveillé.

★ **Vers 2-3 mois,** on a repéré son rythme de manière plus claire et on sait en règle générale à quel moment il a faim. Il est cependant conseillé d'être attentif car des pics de croissance, accompagnés donc de pics de faim, peuvent survenir à différents moments : 6 semaines (pic des pleurs des 3 premiers mois), 6 mois... cela reste variable d'un bébé à l'autre !

Vous pouvez aussi devancer ses besoins lorsque dans la journée, bébé a une activité qui demande de l'énergie : bain, sortie dehors, voyage... Il est également important de noter que le rythme auquel vous allez nourrir votre bébé varie en fonction de la manière dont vous choisissez de le faire :

★ si bébé est au biberon, le rythme est réglé en général par le temps de digestion ;

★ si bébé est allaité, c'est beaucoup moins clair, d'autant que le besoin de succion de bébé est important et physiologique.

Le besoin de succion

La succion est un moyen très efficace pour calmer toutes les tensions internes. Elle sert à s'alimenter, activer la digestion, détendre les tensions du crâne inhérentes à sa croissance exponentielle et, si bébé est allaité, à être en contact avec vous. La tétine peut également convenir à condition qu'elle ne soit pas utilisée seulement afin de « faire taire » bébé en toutes circonstances mais à certains moments clés (endormissement, douleurs digestives, régurgitations, poussée dentaire, stress, visite chez le docteur...). Elle ne doit pas devenir indispensable au point de se retrouver dans la bouche de bébé, de jour comme de nuit !

Conseils

• Lorsque bébé commence à cracher sa tétine (entre 6 et 8 mois), profitez-en, c'est que c'est le bon moment pour la mettre de côté et limiter son utilisation.

• Dans certains cas, bébé trouve son pouce très tôt, il n'aura alors pas besoin de tétine et pourra ainsi satisfaire seul son besoin naturel de succion.

La question n'est donc pas d'avoir une tétine ou pas, mais plutôt de l'avoir seulement à certains moments et si possible pas au-delà de 1 an. En effet, le besoin de succion est physiologique jusqu'à 8 mois environ ; au-delà, c'est du luxe. Cependant, si bébé s'y est habitué ce n'est pas grave. Il faudra faire avec par la suite et accepter que votre bébé en ait besoin.

Les besoins d'équilibre physiologique et de sommeil

Une des causes principales du mal-être de bébé est sa difficulté à réguler ses constantes internes (température, lumière, sommeil, digestion, respiration, mobilité...) Il est très dépendant de vous et il faudra faire très attention en veillant à son environnement, ses habits, la température de la pièce son hydratation, l'humidité, le matériel, sa posture... Ce que vous ressentez comme minime (un coup de vent ou un pantalon trop serré par exemple), il le ressent puissance dix et la réaction d'un bébé à l'autre sera différente. Certains seront sensibles au froid, d'autres beaucoup moins mais ils transpireront dès que les premières chaleurs arriveront ou dès qu'ils seront portés en écharpe. Par ailleurs, la position de bébé (dans vos bras, dans une écharpe, dans un couffin, dans une poussette...) a un impact très important sur son bien-être. Ce sera donc à vous de jauger et de vous adapter aux besoins spécifiques de votre bébé, comme vous le montrera ce livre.

Une fois que toutes ses conditions physiologiques sont remplies, bébé peut alors dormir à poings fermés... mais parfois, cela ne suffira pas ! Nous verrons ainsi combien plusieurs paramètres entrent alors en ligne de compte : physique, corporel, psychique, familial... Bébé aura besoin de sécurité, dans tous les sens du terme !

Le besoin de sécurité corporelle

Bébé étant dépendant de vos bras et de son environnement matériel pendant ses premiers mois, sa sécurité corporelle dépendra donc de sa posture dans l'espace, dans vos bras, dans sa poussette, dans son lit, dans un siège... connaître les facteurs physiologiques et biomécaniques qui régissent son bien-être vous permettra d'adapter votre manière de le porter, votre posture ainsi que son environnement matériel afin de lui permettre de mieux respirer, digérer, diriger ses gestes et développer sa motricité naissante, sans prendre de risques.

L'environnement matériel, corporel et physiologique de bébé a donc un impact non négligeable sur son bien-être et ce livre vous apportera de nombreux et précieux conseils sur le sujet. Cela va vous permettre de prévenir au lieu de guérir, et de comprendre les bases de son bien-être !

Les besoins de sécurité affective et d'attachement

Le besoin de corps à corps et de contact

Ce contact psychique ne peut s'obtenir qu'avec l'intermédiaire du corps. Longtemps, on a séparé le fonctionnement du corps de celui de l'intellect, comme si le cerveau était une entité à part du reste qui aurait une croissance séparée de celle du corps. Un bébé se développe par ses ressentis, les perceptions de son corps, par son contact avec le monde et en particulier avec ses parents. Renforcer le corps à corps par le regard, la voix, les bras, les mains, c'est lui donner une base solide pour bien se construire. Ce livre va vous donner des bases essentielles pour permettre à bébé de s'épanouir en toute sécurité où massages, portage, bras et câlins seront au rendez-vous.

Certains parents croient encore qu'il ne faut pas trop prendre bébé dans ses bras de peur de le gâter. Sachez que des études démontrent qu'un bébé à qui l'on refuse les bras ou que l'on fait trop attendre dans les 6 premiers mois aura une forte tendance à réclamer et pleurer pour obtenir de la tendresse durant les 6 mois suivants. En revanche, un bébé qu'on aura rassuré et entouré lorsqu'il pleure sera beaucoup plus calme par la suite. Alors n'hésitez plus, il n'est jamais trop tôt pour apprendre la confiance et la tendresse !

Le besoin d'attachement, d'appartenance et de sécurité affective

C'est le plus important, le plus vital, celui qui répondra aux pleurs de bébé de la manière la plus simple et la plus sûre. D'ailleurs, le but n'est pas toujours de calmer les pleurs d'un bébé, mais de le faire se sentir écouté et entendu ! Vous allez apprendre à comprendre votre bébé petit à petit et seules votre présence et votre attention détermineront votre écoute authentique. Ainsi, ne cherchez pas à devenir un professionnel de votre bébé mais soyez à l'écoute, sans filtre, sans grigri préalable, sans méthode ou lecture préconçue. Déployer des trésors de communication, c'est aussi le sujet de ce livre : plus l'attachement parent-enfant sera fort, plus vite bébé pourra se sentir apaisé dans un contexte difficile (voyage, changement de vie, contrainte, intervention médicale...).

Bon à savoir

Le neuropsychiatre Boris Cyrulnik insiste sur le fait que la résilience peut se fonder sur une courte période de vie où l'enfant a été entouré, enveloppé, choyé, respecté même si la suite de sa vie est plus difficile.

Le besoin de stabilité, d'harmonie et d'appartenance

Cette harmonie, bébé la trouve essentiellement dans sa famille et son environnement affectif : ses parents, ses frères et sœurs, sa nounou, ses grands-parents... Bébé a besoin de repères et de bouées de sauvetage. Pour cela, il a besoin de vous faire confiance et de savoir que ces piliers sont solides. Bref, il a besoin que vous alliez bien pour se sentir bien à son tour !

Stabilité et sécurité affective : bébé peut compter sur vous !

Plus bébé pourra trouver des repères affectifs solides et fiables, plus il sera rassuré. Mais parfois, la vie nous réserve de nombreuses surprises et des épreuves qu'on n'avait pas envisagées. Il faut alors préserver ce qui peut l'être et donner d'autres repères à votre tout-petit en lui expliquant ce qui se passe, c'est le meilleur moyen de le rassurer. Par exemple, des changements de nounou peuvent grandement déstabiliser un petit bébé à qui on ne demande guère son avis ! C'est pour cela qu'il faut toujours expliquer à bébé les événements importants de sa vie : la perte d'un grand-parent, le changement de nounou, de crèche, un déménagement, un divorce... Ces événements sont parfois plus traumatiques pour un bébé que pour un adulte. La stabilité se trouvera alors dans la certitude que vous ne lui cachez rien et que ses émotions sont prises en compte dans ce qui arrive ! Imaginez que votre conjoint perde son travail mais ne vous en parle pas ! Que ressentiriez-vous ? Et si la charge émotive venait à être trop

Pleurer devant bébé

Certains parents hésitent à exprimer leurs émotions difficiles devant bébé. S'il faut en effet éviter que bébé devienne votre thérapeute, il ne faut pas hésiter à pleurer devant votre bébé au lieu de mettre un masque et de sourire pour cacher nos larmes. Ce que ne comprend pas bébé, c'est un visage impassible et sans expression ou bien un visage joyeux qui cache une grande tristesse. Il perçoit en effet les émotions enfouies car c'est un détecteur d'émotions. Alors pleurez si vous avez envie de pleurer, bébé a besoin de nous sentir humain avant tout et puis les pleurs... Il connaît bien et trouve cela normal ! Cela ne doit toutefois pas vous empêcher de consulter un thérapeute si vos pleurs se répétaient ! Et surtout, dites-lui que ce n'est pas de sa faute, que vous avez besoin de pleurer, c'est tout, car il a une fâcheuse tendance à se sentir responsable !

forte, n'hésitez pas à demander l'aide d'une tierce personne comme un psychologue ou un thérapeute familial. Bruno Clavier, spécialiste d'analyse transgénérationnelle, insiste sur le fait qu'un enfant doit être tenu au courant des événements importants qui le concernent, sans pour autant devenir le thérapeute familial.

Si vous vous exprimez en pleurant, alors, vous avez besoin d'un intermédiaire afin de sécuriser votre enfant et le protéger d'émotions trop fortes, car les bébés ont la fâcheuse tendance à vouloir nous soutenir et nous aider, voire, nous décharger du poids de nos peines !

Harmonie et empathie

Plus que tout donc, bébé recherche l'harmonie autour de lui. Pour cela il va toujours tenter de réguler son environnement et résoudre les problèmes qui mettraient en danger cet équilibre. C'est pour cela qu'il souhaite que la famille autour de lui soit non pas parfaite, mais dans un certain équilibre. Il a besoin que tout le monde aille bien autour de lui car il ressent toutes les tensions !

Sachez que dès son plus jeune âge, bébé a une empathie très forte envers vous (sa vie dépend tout de même de la vôtre). Françoise Dolto disait à juste titre que dans la maison, il y en a deux qui savent tout, le chien et le bébé ! Malgré son impossibilité à le formuler et à l'intellectualiser, bébé devine tout de la vie qui l'entoure et il est important que vous soyez attentifs à votre propre bien-être et votre équilibre.

En écoutant bébé, écoutez-vous vous-même

Qu'il s'agisse de votre propre bien-être physiologique (alimentation, sommeil) ou psychique (couple, famille), bébé vous veut du bien et si parfois il vous pousse à bout, c'est simplement parce qu'il souhaite que vous cessiez d'être dans le déni et que vous trouviez la bonne solution pour votre bien-être. Ainsi, un bébé qui ne dort pas la nuit et qui est accroché au sein de sa mère cherche peut-être à ce que son autre parent intervienne et s'implique. Peut-être aussi sent-il que le couple bat de l'aile et veut que les choses soient mises au clair. Chaque cas est différent et c'est à vous de trouver l'explication ! Eh oui, les petits cherchent vos limites, vos bras, votre vérité, et bien souvent bébé vous poussera dans le mur et sera un révélateur intransigeant et sans concession.

Ainsi si vous n'aimez pas une personne (parfois sans vraiment l'avoir conscientisé) bébé aura vite fait de montrer son mécontentement en face d'elle, en exprimant des émotions que vous ne vous autorisez peut-être pas. N'allez cependant pas conclure que si bébé pleure à l'arrivée de votre belle-mère, c'est que ce n'est pas une bonne personne... peut-être que bébé a faim, tout simplement ! A contrario, si vous invitez une bonne amie et que votre bébé s'endort tranquillement alors qu'à l'ordinaire il reste éveillé, c'est sans doute que cela vous fait du bien et que bébé est rassuré de vous voir en bonne compagnie. En tout cas, avec un bébé, oubliez les bonnes manières. Il est impossible de mentir ou de se mentir à soi-même : on dit bien que la vérité sort de la bouche des enfants...

Oubliez la méthode et faites avec le cœur

L'important, c'est d'être présent, attentionné et faire de votre mieux. Il est démontré qu'une thérapie n'est pas effective par la méthode qu'elle utilise mais grâce à la personne qui la pratique avec cœur et authenticité dans une alliance thérapeutique ancrée dans l'humain et non dans la technique qui est nécessaire, mais secondaire. Si vous appliquez une méthode à la lettre, cela peut certes marcher, mais ce sera moins efficace qu'une méthode plus hasardeuse appliquée avec le cœur et la volonté de vous connecter à votre bébé dans l'instant présent, avec vos imperfections et vos incertitudes. Imaginez-vous lire un livre sur une méthode imparable pour bien gérer son conjoint ! C'est pourtant ce que proposent nombre de méthodes pour endormir ou calmer un bébé. Cela n'empêche pas d'avoir des repères, des balises, une boîte à outils, mais cela doit rester personnel et adapté à votre bébé. Votre méthode doit être pensée au cas par cas et être évolutive dans le temps. Personne d'autre ne peut la fabriquer à votre place, car chaque parent est unique, chaque enfant est unique et chaque relation l'est également !

Prendre sa place ou laisser de la place

Un bébé qui arrive dans une famille est toujours une boule dans un jeu de quilles, il bouscule tout le monde : les grands-parents, le couple, les frères et sœurs et même les oncles et tantes, les cousins et cousines... Il est donc important que chacun trouve une nouvelle place dans la famille et cela est aussi valable pour des configurations inhabituelles, comme par exemple les familles monoparentales.

Un équilibre parental à trouver

Dans des cas plus classiques, de nombreux pères veulent aujourd'hui s'impliquer auprès de leur bébé dès sa naissance. Il est alors important de conserver un équilibre et de permettre au père d'occuper une place de choix, et pas seulement comme solution subsidiaire afin d'éviter un trop grand décalage dans le couple. La meilleure façon de procéder est que le père prenne du temps pendant les premiers mois avec bébé, notamment après la naissance, lorsque la maman est en période de convalescence. L'éclatement des familles avec des grands-parents éloignés de leurs enfants et petits-enfants peut aussi être une chance pour le père d'occuper une place de choix !

★ **Nouveaux papas,** apprenez le portage en écharpe, prenez un congé parental, occupez-vous de bébé au moins une demi-journée par semaine tandis que la maman se repose ou s'occupe d'elle... Non seulement vous allez nouer des liens indélébiles (ce que démontre le portage kangourou des petits bébés prématurés) mais vous allez aussi renforcer le lien dans votre couple.

★ **Pour la maman,** le plus dur sera parfois de laisser de la place au papa et de prendre soin d'elle. Obligez-vous à sortir une fois par semaine pour prendre soin de vous d'une manière ou d'une autre. Il est impératif que vous ayez des moments de respiration !

★ **Pour les frères et sœurs,** eh bien, c'est à la fois simple parce qu'ils vont devenir autonomes plus rapidement et compliqué car laisser de la place, ce n'est pas si facile !

Mais la responsabilité reviendra toujours aux parents de veiller à prendre soin de tous leurs enfants et surtout à ne pas faire de burn-out : prévoyez de vous faire aider si besoin, faites appel aux grands-parents attentionnés pour les aînés ou bien à des nounous pour soulager le poids d'une trop grande charge !

Ne soyez pas parfaits

Si vos mains vous démangent face à votre aîné, il y a fort à parier que vous en faites trop et que vous avez besoin d'une aide extérieure ! Ne vous prenez pas pour Superman ou Wonder Woman, car la chute est toujours très rude pour les super-parents ! Sachez que c'est par votre imperfection que vos enfants grandissent... Le verbe éduquer, du latin *ex-ducere*, ne veut-il pas dire « conduire dehors » ? Vos enfants sont destinés à s'envoler, pas à rester dans un nid doré qui comblerait tous leurs besoins et leur éviterait toute frustration !

Le besoin d'autonomie et de liberté

Après avoir été rassuré sur ses besoins physiologiques, sur son besoin de sécurité affective puis sur son besoin d'harmonie et de stabilité, il y a un besoin auquel les parents ne pensent pas forcément, celui d'autonomie et de liberté.

Aujourd'hui, de nombreux parents (et particulièrement de nombreuses mères) font des burn-out. Les constantes injonctions de parentalité positive, de parents parfaits maîtrisant une éducation sans défaut amènent de nombreuses familles à être dans une écoute permanente des besoins de l'enfant. Cela crée beaucoup de frustrations, de malentendus, de pression sur les parents et par ricochet sur les enfants ! Votre objectif et le sien, c'est son autonomie, sa liberté de mouvement. Les bébés sont doués et compétents, et s'ils ont besoin de nos bras pour prendre leur élan, ils n'ont pas besoin de nous pour voler de leurs propres ailes !

L'autonomie pour s'émanciper et prendre confiance

Même tout petit, votre bébé ne souhaite pas avoir une caméra de surveillance branchée en permanence et braquée sur lui. En grandissant, il va acquérir de plus en plus d'autonomie et voudra explorer le monde, c'est ce que nous verrons d'ailleurs dans la séance 8 sur la motricité libre (voir p. 136). S'il est sans cesse observé ou au centre de votre vie, alors il sentira que le monde peut être risqué ou dangereux. Il a pourtant un besoin vital de vivre sa vie, de même qu'il souhaite que vous ayez aussi votre propre vie.

Dans son livre *Le concept du continuum*, Jean Liedloff fustige les méthodes occidentales qui consistent non seulement à séparer la mère de l'enfant mais aussi à surveiller l'enfant dans tout ce qu'il fait. Dans la tribu amazonienne Yecuana dans laquelle elle a passé beaucoup de temps, les enfants sont en contact avec les adultes et les autres enfants mais sont libres de vaquer à leurs occupations dès qu'ils crapahutent et se déplacent par eux-mêmes. Cela leur donne un très fort sentiment de sécurité (le monde n'est pas dangereux, je peux l'explorer) et de confiance en leurs capacités. Il n'y a pas de compétition, pas de tensions, pas de jalousies. Personne ne leur demande de comptes. Laissez donc des marges de manœuvre à votre enfant. Gardez un œil sur lui, prévenez les dangers mais ne le surveillez pas en permanence, ne contrôlez pas son développement (le médecin le fera très bien), ne vérifiez pas sans cesse si tout va bien et ne le comparez jamais aux autres enfants ! L'école, les notes et les devoirs arriveront bien assez tôt !

Anecdote

Une nounou me raconte que lorsqu'elle commence à s'occuper de ce bébé, il ne marche pas, ne se déplace pas à 4 pattes. Ses parents, croyant bien faire, le portaient en écharpe en permanence. Au bout d'un mois, il se déplace par lui-même et marche le long des meubles ! C'est un extrême, mais cela montre combien l'enfer est pavé de bonnes intentions : trop d'attentions mal placées peuvent à terme devenir étouffantes !

Faire tout seul

Laissez votre bébé explorer son environnement par lui-même ! De nombreuses méthodes d'éveil prônent la stimulation de bébé de diverses manières, comme s'il avait besoin d'un cirque autour de lui, d'applaudissements, d'encouragements et d'aide pour parvenir à ses fins, rouler, ramper, marcher à 4 pattes, marcher et gambader.
Soyez persuadé(e) que votre tout-petit est déjà un yogi et qu'il y arrivera par lui-même. Moins vous l'aiderez, mieux ce sera ! Inutile d'en rajouter, c'est comme tirer sur les feuilles d'un arbre pour l'aider à pousser.
Votre bébé est un être éveillé et intelligent, et vous lui ferez un cadeau pour toute la vie en lui permettant de trouver les solutions à sa manière. Cela s'appliquera à tous ses apprentissages futurs et allégera votre tâche, c'est garanti !

Pourquoi vous courber le dos à faire marcher votre bébé alors qu'il l'apprendra tout seul et bien mieux qu'avec vos bras ? Rien de mieux pour cultiver son estime de soi.

Occupez-vous aussi... de vous !

Le plus important est que même si au tout début un nouveau-né accapare bien souvent vos jours et vos nuits, vous puissiez développer et revenir petit à petit à vos propres centres d'intérêt, des amis, une activité qui vous tient à cœur, un projet... Pour vous bien sûr, mais aussi pour bébé qui ne sentira pas l'attention braquée sur lui, ce qui générera chez-lui moins de stress. C'est pour cela qu'inviter un ou une amie à prendre le thé permet à bébé de faire la sieste tranquillement tandis que vous discutez, alors que si vous étiez resté(e) tout(e) seul(e), il n'aurait pas fermé l'œil !

Anecdote

Une maman me raconte qu'elle attendait que son bébé fasse ses nuits sans jamais lui exprimer sa volonté à elle, de dormir toute une nuit. Les mois passent sans que son bébé ne se décide à faire ses nuits complètes. Elle comprend alors que c'est aussi à elle d'exprimer ses besoins et de diriger la relation vers un respect mutuel qui l'inclut elle aussi !

La vision de Jesper Juul

4 piliers pour une éducation respectueuse

Jesper Juul, grand spécialiste de l'éducation dans les pays nordiques, indiquait à juste titre que les enfants cherchent des adultes authentiques et vrais qui ne trichent pas et n'essaient pas d'appliquer des méthodes. Il décrit les 4 piliers indispensables à une relation saine qui apportent sécurité et sérénité à votre enfant.

Voici l'application concrète de ces piliers avec les bébés :

1 Équidignité

Ce que ressent et exprime bébé a autant de valeur que ce que ressent un adulte, et est ainsi digne d'être entendu et accueilli. Apprenez à l'écouter, c'est aussi une bonne manière de vous écouter, car ce que vous ressentez compte aussi !

2 Intégrité

Les enfants coopèrent 90 % du temps. Lorsque votre enfant ne coopère plus (pleurs, colère ou au contraire trop grande obéissance), c'est qu'il va mal. Il s'en prend à son environnement ou à lui-même pour nous dire qu'on empiète trop sur leur intégrité physique ou psychique. Il faut alors changer votre fusil d'épaule et respecter les limites que votre bébé vous indique... Par exemple, pourquoi vouloir absolument que bébé finisse son biberon ? Son corps est un temple qu'on ne saurait forcer d'aucune manière !

3 Authenticité

Votre bébé demande un parent vrai, sans chichi, qui ne cherche pas à paraître joyeux alors que l'épuisement ou la tristesse l'habitent. Il recherche des adultes qui savent maîtriser leurs émotions tout en les exprimant dans leur vérité la plus pure (sans s'en prendre à lui, bien sûr). Bref, il exige le plus authentique de vous-même et sait pertinemment si vous mentez (même à vous-même !)

4 Responsabilité

Bébé recherche un parent digne de confiance qui saura mener la barque familiale tout en sachant que ce qu'il exprime est digne d'être entendu. Quoi qu'il arrive, vous êtes responsable de la relation car la situation de dépendance de bébé le rend vulnérable. Bébé ne saurait être tenu responsable de votre colère par exemple, vous devez assumer votre rôle de capitaine de navire et garder le cap et le calme !

Mettez au rebut la violence ordinaire qui consiste à rabaisser et infantiliser votre bébé. Cela n'empêche pas de prendre des responsabilités et de décider de quel chemin suivre quand il s'agit de choisir. Par exemple, un bébé ne choisira pas ce que vous mettez dans le chariot des courses, mais il choisira ce qu'il veut faire entrer dans sa bouche ou le moment où il s'endormira.

De nouvelles croyances et des anti-commandements

De nombreuses croyances parsèment le chemin des parents. Elles peuvent être bénéfiques tout comme nocives, nous permettent de diriger notre pensée et nos décisions et génèrent par elles-mêmes des situations, ce qu'on appelle des prophéties auto-réalisatrices, qui peuvent alourdir ou alléger votre tâche éducative... À vous de choisir ! L'important est de parier du bon côté et d'y croire.

Choisissez vos prophéties auto-réalisatrices

Par exemple, si en voyant marcher votre tout-petit vous exprimez votre peur en criant « Attention, tu vas tomber ! », il y a de fortes chances pour qu'il applique votre prophétie et valide votre théorie. Vous finirez sans doute par lui dire : « Je te l'avais bien dit ! » Changez de camp et croyez en votre bébé, apprenez à exprimer vos peurs autrement qu'en lançant des mauvais sorts. Des jolis sorts comme « Garde la tête haute ! » ou encore « Garde bien ton équilibre ! » auront un bien meilleur effet.

Utilisez le poids des mots

Transformez tous les termes négatifs en termes positifs ou non connotés. Par exemple, pour remplacer des mots comme : paresseux, casse-cou, timide, gourmand, maladroit, capricieux...

Vous pouvez utiliser les adjectifs suivants : doué, intelligent, compétent, adroit, persévérant, décidé, gourmet, tranquille, calme, observateur, prudent, téméraire, concentré, réfléchi...

Les anti-commandements

Construisez votre propre liste d'anti-commandements ou d'invitations pour vous guider et laissez les mots faire écho en vous.

★ **Prenez votre bébé (un nouveau-né surtout) dans vos bras** s'il pleure et vous réclame, si c'est bon pour vous, c'est bon pour lui a fortiori.

★ **Ne laissez pas pleurer un bébé seul surtout la nuit,** relayez-vous entre parents. Si bébé pleure et que vous ne pouvez pas le prendre dans l'instant, expliquez-lui pourquoi tranquillement et ne le faites jamais uniquement sous prétexte de le préparer à la crèche, à la vie...

★ **Faites-vous relayer et aider** si vous êtes trop fatigué(e), faites de votre mieux !

★ Parfois, **bébé a juste besoin d'être entendu.** Ses pleurs sont une manière de s'exprimer qu'il ne faut pas toujours faire cesser mais qu'il faut accueillir.

★ **Prenez soin de vous** ; c'est aussi prendre soin de votre bébé, indirectement.

★ Ayez confiance en **vos capacités et votre intuition,** ce bébé vous a choisi !

★ **Ayez confiance en votre bébé,** il est doué et compétent, il va parvenir à ses fins !

★ **Le rythme et les besoins de votre bébé** lui sont propres, il sait ce qui est bon pour lui.

★ **Ne mentez pas à votre bébé,** donnez-lui les éléments essentiels de sa vie, les secrets sont destructeurs, car bébé sait tout et comprend tout mais sans savoir l'expliquer ni l'exprimer !

Écrivez vous aussi vos anti-commandements qui vous aideront à combler les besoins essentiels de bébé !

....

....

....

....

....

....

....

....

....

....

....

....

....

....

....

Partie 2

Les séances

Séance

1

Favoriser l'attachement affectif par la sensorialité

Créer des liens affectifs solides en continuité avec le monde intra-utérin est le pilier principal d'une relation riche et stable, car bébé apprend à compter sur vous et surtout à vous reconnaître rapidement, ce qui est primordial à sa survie ! Cela lui offre donc un port d'attache solide, un tremplin pour la vie. C'est ainsi qu'il pourra explorer le monde avec plus de confiance et d'assurance.

Les besoins du nourrisson

Car venir au monde, c'est comme débarquer sur une autre planète. Pour être plus proche de notre expérience d'adulte, c'est comme si vous atterrissiez dans un pays lointain et étranger avec un décalage horaire important. Alors que vous viviez dans un cocon, un lit moelleux, flottant nu dans des draps de soie et dans un lieu chaud et humide, enveloppant et velouté (un peu comme sur une plage des Caraïbes), vous voilà projeté au Pôle Nord. La gravité est plus forte ; la température basse, le corps pesant, revêtu d'habits gênants aux entournures. Vous ressentez fréquemment des maux de ventre, de tête parfois, car dans ce pays vous découvrez le froid mais aussi la vision, là où dans votre pays, on vivait constamment à l'intérieur, dans le noir et au chaud, dans le velours. Vous entendez des sons plus exotiques, vous goûtez une nouvelle nourriture plus épicée, une autre façon de manger sans que vous puissiez bouger ni vous déplacer. Bref, vous avez beaucoup à intégrer en peu de temps. Et si vous êtes accueilli(e) avec douceur, vous vous adapterez facilement.

Au contraire, si on se montre méfiant et qu'on n'est pas attentif à vos besoins, à votre fatigue et à vos difficultés, vous pouvez facilement déprimer !

Qui plus est, imaginez-vous totalement dépendant de 2 ou 3 personnes géantes qui elles seules peuvent vous apporter à manger et vous aider alors que quelques heures auparavant, vous étiez au chaud, nourri, logé, blanchi, même si le logement devenait vraiment trop petit pour vous ! Il y a de quoi se sentir démuni !

Les besoins d'un bébé sont simples : être enveloppé, soutenu, entouré de sensations stables et reconnaissables sur lesquelles il peut s'appuyer pour grandir et surtout s'apaiser rapidement. Mais comment faire pour créer les conditions de cet attachement qu'on appelle « secure » ? Comment activer les marqueurs qui feront que dès qu'il sera dans vos bras, il se sentira en sécurité et s'apaisera ?

C'est à la fois simple et complexe :

★ simple, parce que beaucoup de parents vont y penser naturellement,

★ complexe, parce que cela s'appuie sur la répétition et le renforcement des situations d'attachement : il ne faut pas s'attendre à ce qu'un bébé réagisse au quart de tour à vos sollicitations, ni qu'il s'arrête de pleurer dès que vous agissez positivement.

Dans les moments tumultueux

Parfois, c'est sur le long terme qu'on voit des résultats concrets ; il ne faut pas se décourager. Derrière des pleurs, des grimaces ou un visage qui cherche à exprimer quelque chose, il y a une volonté incroyable de votre bébé à communiquer avec vous. Simplement, le câblage est en cours !

L'essentiel est donc de se « brancher » par tous nos sens et tous les moyens de communication à notre disposition avec votre bébé (mais pas 24 heures sur 24, rassurez-vous), sans rien attendre en retour, car parfois il n'y aura pas d'effet immédiat, surtout pendant les 3 premiers mois. Le but n'est pas de vouloir qu'il se calme et cesse de pleurer ou s'endorme à tout prix, mais simplement d'accueillir ses émotions et sa manière de les exprimer telles qu'elles arrivent.

Dans les moments de calme

Et, sur l'autre versant de la Lune, il sera impératif de savourer intensément les moments calmes, les échanges pour renforcer l'attachement, mais aussi les temps de sommeil. Admirez votre petit lorsqu'il dort et s'entraîne dans ses rêves à toute la panoplie des expressions humaines : sourire, faire la moue, s'étonner, grimacer, se détendre, froncer les sourcils... les fruits récoltés à moyen et long termes n'en seront que meilleurs ! Des études ont montré que lorsqu'on répond à un bébé qui pleure durant ses 6 premiers mois, il est beaucoup plus calme et tranquille les 6 mois suivants. Voici les innombrables possibilités qui s'offrent à vous... Et ce dès la naissance !

En pratique

Sens dessus dessous !

La porte d'entrée de l'attachement, c'est le corps et les sens en plein éveil de votre bébé. Afin de faciliter la compréhension, vous trouverez des gestes et des habitudes proposant une approche sens par sens : toucher, vision, audition, olfaction et goût. Mais en réalité, les sens des bébés communiquent étroitement ; le monde d'un bébé est « multisensoriel ».

★ Quand vous bercez votre bébé dans vos bras en chantant, il vous voit, vous entend, ressent votre chaleur et votre contact. Il ressent votre mouvement, il est plongé dans votre odeur.

★ Si vous l'allaitez, il vous goûte. Ses sens ne sont pas séparés mais reliés. Ainsi, un bébé qui prend un biberon vous dévisage en même temps, il vous dévore des yeux. Plus tard, lorsqu'un bébé goûte, il sent une odeur en même temps.

★ Lorsque vous chantez, il perçoit vos mouvements de bercement et les vibrations sonores dans son corps. Quand il entend une musique, il active son rythme corporel et est capable de suivre ce rythme.

★ Lorsqu'il regarde le monde alors que vous marchez tout en le portant, il intègre, sans que vous le sachiez, ces mouvements de marche et cela dès la naissance.

★ En saisissant un objet anguleux il est capable de le distinguer visuellement d'un objet rond par la suite.

★ Lorsqu'il vous voit faire des grimaces, il active son cortex moteur pour vous imiter.

Le monde d'un bébé n'est pas partitionné mais se présente sous la forme d'un réseau d'une incroyable complexité qui se rapproche plus de la synesthésie. On présente souvent la synesthésie comme l'association surprenante de 2 sens : voir une couleur en entendant une note de musique par exemple. Mais nous oublions qu'il s'agit d'un mode de fonctionnement naturel qui nous permet de voir le monde de manière complète et cohérente : ainsi, l'odeur du beurre nous fait penser au goût du beurre et peut-être même au pain grillé ou encore à un bon sandwich jambon-beurre et nous fait saliver ; entendre une musique active notre système du rythme et nous fait danser !

De même, notre mémoire ne fonctionne jamais de manière séparée : lorsque nous mémorisons le bruit de la mer, nous l'associons peut-être au sable, peut-être à la couleur bleue, ou au sentiment de nous détendre ou de nager, ou encore au parfum des embruns. C'est pour cela que pour mémoriser il est toujours intéressant de multiplier le nombre de perceptions corporelles, d'où l'évidence naturelle de bercer son bébé en même temps qu'on chante, de laisser bébé baigner plusieurs minutes dans l'odeur du sein avant de l'allaiter, de lui parler en même temps qu'on le prend dans les bras, de le regarder en même temps qu'on lui parle. Car bébé est l'être humain le plus performant côté mémoire et développement neuronal !

Voici quelques pistes par les 5 sens même si nous pourrions en rajouter un 6e ! En effet, le 6e sens ne sera pas abordé ici, c'est le sens du mouvement ou la kinesthésie. On en parle rarement car il n'est pas vraiment identifiable par un organe précis, si ce n'est par le système vestibulaire qui se trouve dans l'oreille interne (il nous indique notre position dans l'espace et nous donne la clé de l'équilibre) mais également par la proprioception qui est l'ensemble des capteurs qui nous indiquent l'état, la position et les mouvements de notre corps. C'est aussi un sens vital qui relie la vision, l'audition, la perception tactile et proprioceptive, le sens de l'équilibre et, de manière indirecte, l'olfaction et le goût. Il n'y a pas de perception sans action ni sans mouvement ! Nous verrons de manière plus détaillée ce sens vital et primordial dans la partie motricité (voir p. 136) !

1 Le contact peau à peau, s'aimanter l'un à l'autre… avec tact

Lorsqu'on parle de contact, on parle en premier lieu de peau à peau. **Le sens du toucher** est le premier sens en éveil chez un embryon, c'est donc le tactile qu'il faudra toujours privilégier avec son bébé si l'on veut créer un contact qui le rassure d'autant plus qu'il s'est habitué pendant 9 mois au luxe et au velouté du ventre maternel !

★ Tout d'abord, à la naissance dès les premières secondes, l'important va être de faire du peau à peau aussi vite que possible. On pose bébé sur le ventre de sa maman, ou on fait du joue à joue lorsqu'il y a eu césarienne.

★ Ensuite, c'est le papa qui vient en général prendre le relais. Il sera intéressant alors de pouvoir prendre bébé à même la peau, contre son torse, recouvert d'une couverture chaude… Il est démontré que les bébés prématurés portés façon kangourou par le papa, lorsque la couveuse fait défaut, est non seulement bénéfique pour la santé et la croissance de ces bébés mais qu'elle crée un lien fort avec le papa… À bon entendeur.

★ Par la suite, vous veillerez à prendre votre bébé dans vos bras autant que possible, surtout lorsque l'été et la chaleur pointeront leur nez. Mettez votre bébé en peau à peau tout contre vous, avec juste une couche qui vous protège. Si la température n'est pas suffisante, enveloppez-vous tous deux dans une couverture douce ou une écharpe de portage. Si vous préférez que votre bébé soit habillé ne vous privez pas de les toucher autant que possible avec vos mains, vos bras et tout ce qui peut le contenir ! (Voir la séance 5 sur le portage et les massages, p. 91.)

2 Les yeux dans les yeux : tomber amoureux… au premier regard

Le sens de la vue est destiné, à terme, à devenir le plus important chez le bébé. C'est par lui que passent de nombreuses informations et que se crée aussi le lien ! À la naissance, les hormones de l'attachement (dont l'ocytocine) mais aussi des endorphines, imprègnent maman et bébé (et papa, s'il a suivi l'accouchement). Les pupilles de chacun sont ultra-dilatées, comme lorsqu'on tombe amoureux...

Les bébés ne voient pas très loin, pas à plus de 30 cm. Ils distinguent essentiellement les objets contrastés, qui brillent et qui bougent. Vos yeux brillants d'émotions et de larmes, votre sourire aussi, sont donc un mets de choix pour son regard tout neuf ! D'ailleurs, il est probable que son regard de braise venu d'une autre planète vous captive également ! Alors, plongez votre regard dans le sien dès que possible. Le papa sera aux avant-postes car bien placé pour accueillir ce premier regard incroyable !

Par la suite, renouvelez régulièrement l'opération séduction :

- ★ Placez votre bébé à 20-30 cm de votre visage et faites des bains de regard bien installés en veillant à avoir vos bras qui le contiennent, détendus, calés sur un coussin !
- ★ Afin de stimuler non seulement les cellules visuelles de votre bébé mais aussi l'attachement même la nuit, n'allumez qu'une petite lumière d'appoint, voire une raie de lumière lorsque vous vous occupez de votre bébé (change, allaitement, biberon...) Si votre vision nocturne n'est pas très au point, celle de votre bébé se développera lors de ses premières semaines ! Veillez à créer une lumière tamisée même de jour pour favoriser ce contact visuel afin que bébé ait les yeux grands ouverts !

LE SAVIEZ-VOUS ?

1 L'allaitement ou le biberon seront un moment de choix pour favoriser l'attachement visuel et créer ces moments uniques et merveilleux ! Savez-vous qu'il suffit à une maman de regarder son bébé pour provoquer une montée de lait (ocytocine) ?

2 Bébé sait différencier sa mère d'une autre femme au bout de 24 heures (en dehors de toute autre stimulation, olfactive ou auditive). La vision montre donc son importance vitale dans la reconnaissance de son environnement !

3 Le son sensationnel : l'harmonie est la voie, la voix l'harmonie

C'est vers 4 mois de grossesse **que bébé entend les sons** de votre corps, de votre cœur, votre respiration, vos gargouillis et votre voix. À 6 mois, il entend aussi ce qui vient de l'extérieur, sauf les bruits aigus. C'est pour cela qu'il aime les sons graves et la voix de papa !

★ **À la naissance**, votre voix qu'il connaît par cœur le rassure et le fait vibrer. Il sera alors tout ouïe ! N'hésitez pas à parler doucement à son oreille pour l'apaiser.

★ **Mais aussi et surtout chantez :** la musique a des effets puissants sur le cerveau grâce au rythme et la musicalité : une berceuse douce aura le meilleur effet. Plus tard, vous pourrez danser en douceur sur de la musique pour l'endormir !

★ **N'hésitez pas à mettre votre bébé contre votre ventre ou votre cœur** le plus souvent afin qu'il se replonge dans les souvenirs intra-utérins, cela l'apaisera rapidement !

★ **Parlez et expliquez :** si bébé ne comprend pas le sens exact de ce que vous dites, il en comprend l'intention. Donc, dites-lui la vérité sur ce qu'il vit, ce qu'il ressent, ce que vous allez faire avec lui (changer la couche, l'habiller, le transporter, aller chez le médecin) !

LE SAVIEZ-VOUS ?

Le cerveau et le corps humains, à l'instar de certains oiseaux (capables de parler) sont faits pour la musique et pour les mouvements rythmés. En effet, la parole est aussi une forme de musique ; elle est presque systématiquement coordonnée aux mouvements du corps. Certains chercheurs estiment que le geste a précédé la parole qui n'en serait que le prolongement. C'est l'association du système auditif et du système vestibulaire (qui nous permet de ressentir et de tenir notre équilibre) qui crée cet effet puissant sur les bébés, une sorte d'hypnose naturelle qui les calme instantanément. C'est pour cela que les bébés ont tant besoin d'être bercés, en rythme dans vos bras avec une musique ou avec votre voix !

En avant la musique !

C'est à la musicalité et l'harmonie des échanges mère-enfant qu'on reconnaît une bonne communication et une bonne santé de la relation (et a contrario détecter un problème d'attachement). C'est un peu comme des instruments de musique qui se répondent et s'harmonisent. Voici une berceuse russe, douce et efficace, que vous pourrez retrouver facilement dans le répertoire des berceuses enfantines et qui changera un peu de *Frère Jacques*... À chanter sans modération dès la naissance !

BERCEUSE COSAQUE

« Doucement s'endort la terre, Dans le soir tombant, Ferme vite tes paupières,
Dors mon tout petit enfant, Dors en paix près de ta mère, Fais des rêves bleus,
Au matin dans la lumière, Tu t'élanceras joyeux, Sur ton lit la Lune pose,
Ses rayons d'argent, Quand s'apaisent gens et choses, Dors mon tout petit enfant. »

4 Le parfum des cœurs : humer son bébé

Le système olfactif des bébés se met en place très tôt, aux alentours de 8-10 semaines de grossesse. Les récepteurs olfactifs sont stimulés par les parfums du liquide amniotique. L'odorat est ainsi actif dès la naissance et joue un rôle très important dans l'attachement. Il est en effet le sens le plus archaïque parce que le plus essentiel à la survie, tant par son pouvoir de discrimination de ce qui est bon ou au contraire dangereux, que par son pouvoir de reconnaissance du milieu afin d'assurer sa survie. Le bébé parvient à distinguer l'odeur de sa mère (en particulier le cou et les seins) très rapidement après la naissance. Il repère également rapidement les odeurs, les senteurs qui peuplent son environnement familial.

★ L'odeur d'un nouveau-né active le système de récompense (et donc d'attachement) dans le cerveau de sa mère ou toute personne qui s'occupe de lui. Bref, l'envie de le prendre et le sentir devient une... addiction ! Votre bébé vous drogue littéralement pour assurer sa survie et vous inciter à le prendre dans vos bras, à le renifler et le humer, en particulier ses cheveux... Ne vous en privez pas, cela dure des années jusqu'à l'adolescence. Les enfants sentent bon, même quand ils transpirent ! Il est fort probable qu'il ressente la même chose lorsqu'il se love dans vos bras et votre cou...

★ Très tôt le nourrisson marque sa préférence pour certaines odeurs et cela augmente d'ailleurs son amplitude respiratoire. Ainsi, il peut être attiré par la vanille ou encore la banane et marquer son dégoût de l'odeur du beurre ranci ou de l'ammoniaque. Bébé a déjà bon nez alors évitez les parfums chimiques afin qu'il puisse bien vous sentir dans tous les sens du terme et s'attacher à vous !

LE SAVIEZ-VOUS ?

Ce sens possède aussi le système neuronal le plus court et donc le plus rapide car il jouxte la zone du cerveau dédiée à l'olfaction au sommet de la fosse nasale. C'est ainsi qu'il marque notre mémoire un peu comme une empreinte... autant qu'il s'agisse chez bébé de bons souvenirs !

5 Le goût de l'amour maternel... un sein ou un sain attachement, tout est possible

Bébé distingue et préfère les odeurs reliées à l'alimentation de sa mère : il y a une véritable continuité entre le liquide amniotique et le lait maternel et bébé ne s'y trompe pas. Alors ne changez rien à votre alimentation même si vous mangiez de l'ail et que vous aviez décidé d'allaiter ! **Le système gustatif** est relié au système olfactif ; ce que vous goûtez est aussi « humé » en même temps, et ce qui est humé parvient également à nos papilles. Ces deux systèmes sont imbriqués étroitement chez le fœtus qui baigne, goûte et respire littéralement le liquide amniotique. Une véritable synesthésie s'opère ainsi chez le bébé ! L'odorat devient le déclencheur de la succion en même temps que le la zone tactile qui entoure la bouche des bébés ! Bref, votre contact, la proximité, l'odeur de vos seins, de votre corps, de votre cou active le réflexe de succion. C'est un véritable bain de sensations qui enveloppe alors votre bébé ! Si on rajoute le contenant de vos bras, votre regard et votre voix, alors bébé sera comblé pour peu que son estomac le soit également rapidement !

Comment construire un attachement secure autour de l'allaitement ?

En n'ayant aucune obligation de résultat : ce n'est pas grave ni rédhibitoire si bébé ne parvient pas à garder ou même prendre le sein correctement au départ !

★ **Gardez-le près du sein le plus souvent possible** pour le combler par tous les autres sens ! Apaisé et sans tensions, il parviendra à saisir le sein plus facilement. Et d'ailleurs, afin d'optimiser la mise au sein, vous pourrez, dès que bébé s'éveille, lui présenter le sein rapidement sans attendre qu'il ait faim et manifeste un désagrément qui viendrait créer une tension dans cette opération parfois délicate et beaucoup moins naturelle qu'on voudrait vous le faire croire.

★ **Une bonne manière de créer un lien puissant pendant l'allaitement est de faire confiance à votre bébé** et le laisser chercher le sein par lui-même dès la naissance sans lui enfourner le téton au fond de la bouche comme si c'était un plat dans le four ou comme s'il s'agissait d'une oie ! Un bébé qui cherche et trouve par lui-même retrouvera plus facilement le sein par la suite, sachez-le !

★ **Mettre au sein un nouveau-né, c'est comme mettre des chaussures neuves,** cela peut créer des tensions aussi bien chez la maman que chez le bébé. Ces difficultés s'estompent à partir de la montée de lait et disparaissent normalement entre 15 jours et 3 semaines. Ayez confiance en vous et dans vos capacités. Beaucoup de mamans tâtonnent au début, c'est normal !

Et si au final, vous n'allaitiez pas ?

L'allaitement maternel est en quelque sorte, la cerise sur le gâteau de l'attachement. Mais comme vous pouvez le comprendre, allaiter, c'est un ensemble de sensations : les bras, l'odeur, le regard, le son, un estomac bien rempli... Tous ces critères peuvent être remplis par le biberon. Cela est d'autant plus vrai lorsqu'un biberon est donné dans le calme et la sérénité plutôt que le sein dans l'anxiété et le sacrifice : le sein ne surpasse le biberon que s'il est donné avec plaisir, sinon, il sera nocif à plus d'un titre ! Écoutez-vous et écoutez votre bébé !

Ce que vous pouvez faire si vous aviez décidé de ne pas allaiter dès le début, c'est de donner au moins la tétée d'accueil, un concentré de parfaits nutriments qui va ensemencer l'estomac de votre bébé de tous les bons lactobacilles favorisant une meilleure digestion par la suite ! Quoi qu'il en soit, faites au mieux !

LE SAVIEZ-VOUS ?

Les primo-mammifères se nourrissaient des téguments et de la sueur de leur mère : ainsi les tétons sont la spécialisation de glandes sudoripares... L'histoire de l'évolution nous en apprend beaucoup sur nos propres difficultés à mettre en place l'allaitement et la sensation parfois surprenante de se faire dévorer par notre propre enfant : comme par hasard, ces difficultés s'envolent au 2e enfant !

Séance

2

Parents épuisés : comment rester zen en toutes circonstances !

Il existe de nombreuses méthodes et techniques pour apaiser un bébé qui pleure et pourtant, c'est un parent zen qui aidera le mieux son petit. En psychologie, on parle d'*approche systémique*. En effet, bébé fait partie intégrante d'un système familial complexe ; il est sensible à tout ce qui s'y passe ! S'il n'est pas indispensable de faire une thérapie familiale à chaque crise ou pleurs, prendre soin de soi est une autre manière de prendre soin de son bébé : ce qui vous fait du bien lui fait un bien fou !

La puissance des neurones miroir

Bébé est doté d'une immense dose d'empathie doublée d'une panoplie non négligeable de neurones miroir, ces neurones qui lui font comprendre et imiter ce que vous faites et ce que vous ressentez.

C'est ainsi que le simple fait de bailler le fera bailler. Le simple fait d'ouvrir grand la bouche lui fera ouvrir grand la bouche. Il sera sensible à vos pleurs, vos émotions et sera même capable de pleurer sur un morceau de musique qui exprime de la tristesse. Cela ne veut pas dire qu'il ne faut pas pleurer ou exprimer ses émotions devant un bébé, bien au contraire. Car ce qui rend réellement fou un bébé et le fait paniquer, c'est un visage sans expression aucune ; il est même terrorisé.

Une petite fable pour comprendre

Connaissez-vous l'histoire du trappeur ?

Il habite au Québec où il fait très froid. Au début de l'hiver, il va chercher du bois dans la forêt. En revenant, il croise un Indien qui pense tout haut et dit : « Hiver très froid ».

Une fois chez lui, le trappeur se dit que comme l'hiver va être froid, il doit ramasser davantage de bois, ce qu'il fait le lendemain. L'Indien qu'il croise à nouveau dit tout haut : « Hiver très très froid ».

Et la boucle recommence, le trappeur est pris à son propre piège. Jusqu'à ce qu'il demande enfin à l'Indien : « Mais comment sais-tu que l'hiver va être de plus en plus froid chaque jour ? »

L'Indien lui répond alors : « Plus homme blanc chercher bois, plus froid est l'hiver. »

Vous avez compris la boucle !

Prenez soin de vous pour bien prendre soin de votre bébé !

Cette fable signifie que vous pouvez utiliser cette capacité merveilleuse de l'être humain à imiter et comprendre son semblable en créant une boucle vertueuse de bien-être. Favorisez votre propre bien-être, ainsi, votre bébé, même s'il est plongé dans des coliques ou de l'inconfort, sera rassuré de se sentir entre de bonnes mains !

Appliquons cette parabole à un bébé de 2 mois qui commence à pleurer. Le soir, comme par hasard... Sa maman, rentrant d'une journée de travail et pour alléger son mari qui s'en est occupé toute la journée, le prend dans ses bras. Bébé sent que sa maman est fatiguée et son angoisse augmente ainsi que ses pleurs ! Le papa reprend alors son bébé et tente de le calmer mais il est lui aussi fatigué d'avoir passé sa journée et aurait voulu souffler un peu. Rebelote, bébé se sent encore plus désorienté et ne comprend pas ce qui se passe, ses pleurs redoublent malgré toutes les tentatives des malheureux parents. Le stress s'accentue des trois côtés comme une boule de neige.

C'est une scène très classique (avec une inversion possible, c'est maman qui a gardé son bébé toute la journée et le papa qui rentre du travail, surtout après l'accouchement). Bref, vous avez compris ce qui se passe. Ce n'est pas toujours aussi simple, mais cela permet de comprendre que les moments de jonction de la journée (nuit, lever matinal, moment de la sieste et soir avec passage de témoin) seront les plus sensibles ! Et sur une plus grande échelle, les moments de jonction concernent également la première année de bébé, lors du post accouchement, lors du sevrage, lors du retour au travail pour la maman, lorsque bébé rentre dans la diversification alimentaire, lors d'un changement de mode de garde et j'en passe...

Alors il vaut mieux prévoir des sas de décompression pour les parents afin d'éviter que bébé n'amplifie ce qu'il ressent de son environnement et installe la panique à bord ! Et pour cela, expliquer ce qui se passe en vous à votre bébé, mais aussi utiliser la respiration, la relaxation, le Yoga peuvent vous aider à appréhender ces moments délicats : acceptons de changer le cours des choses et faisons comprendre à bébé que la situation n'est pas si grave et que vous tenez la barre tranquillement mais fermement, en lui envoyant des messages dans ce sens. Il s'agit de créer un cercle vertueux où il se sentira comme dans un cocon protecteur. Donc pas de langue de bois mais le langage de la douceur, de la délicatesse et de la vérité ! Voilà comment éviter les embûches !

En pratique

Se donner du temps, surtout les premiers mois !

S'occuper d'un nouveau-né demande beaucoup d'énergie et de temps. Parfois, cela ressemble à du 24 heures sur 24. Aussi, la première mesure est de prévoir un sas de décompression : des moments courts mais suffisants pour souffler... sans bébé. Faites au mieux, il est vrai que cela demande beaucoup d'organisation et un vrai soutient familial.

★ **Dès la naissance :** lorsque votre compagnon est disponible ou lorsque bébé dort, prenez une douche ou faites une sieste, même de 10 min : un peu comme un conducteur longue distance, faites des pauses dans la journée et ne profitez pas des siestes de votre bébé pour faire des corvées...

★ **Dès que vous en avez envie :** prévoyez un appel téléphonique, un thé, avec une bonne amie ou quelqu'un de bienveillant de votre famille (qui apporte à manger). En effet, bébé, sentant que l'attention se détourne de lui et que vous parlez agréablement, se sentira apaisé.

★ **1 mois après l'accouchement :**

- Faites-vous offrir un massage à domicile, avec quelqu'un qui s'occupera de votre bébé et si possible sortira avec lui pour ne pas vous solliciter et vous permettre de «faire un break» !

- Organisez une sortie dans un parc ou dehors, sans votre bébé (lui-même entre de bonnes mains), de 20 min par jour, lorsque le corps et le cœur vous en disent. Ainsi vous reviendrez revigorée, oxygénée et apaisée

★ **1 à 2 mois après l'accouchement,** selon votre ressenti : prévoyez une sortie plus longue de 1, 2 à 3 heures une fois par semaine, seule sans bébé (entre de bonnes mains), avec une amie ou pour aller vous faire masser, prendre un cours de Yoga, aller au cinéma, suivre une conférence, une rééducation périnatale… Faites des réserves de lait maternel en tirant votre lait au préalable si besoin. Ou un biberon tout simplement ! Évitez absolument d'emmener bébé avec vous, sauf si vous n'avez pas le choix, car faire un cours de Yoga avec son bébé vous fera rater immanquablement la moitié du cours.

★ **3 à 4 mois après l'accouchement,** dans la mesure du possible, prévoyez une sortie avec votre chéri(e) une fois par semaine, sans bébé !

1 Se préparer avant de prendre bébé

Se préparer à entrer en contact avec bébé est primordial. Souvent nous le saisissons sans trop réfléchir et pourtant ces micro-étapes peuvent vous faciliter la tâche. **N'hésitez pas à élaborer un petit rituel à votre manière.**

★ Si vous revenez du travail (papa ou maman), surtout ne vous précipitez pas sur votre bébé mais restez 10 min dans la cuisine par exemple, à prendre un café ou un thé ou alors, prenez un bain ou une douche, changez-vous ! Il est primordial que vous puissiez vous concentrer et souffler entre deux courses et créer un sas de décompression. Votre bébé, sentant qu'il n'y a pas urgence, sera tranquillisé. Et surtout, vous ne lui communiquerez pas votre stress accumulé de la journée et du trajet.

★ Lorsque vous vous approchez de votre bébé, demandez-vous dans quel état émotionnel vous êtes : fatigué(e), alerte, déprimé(e), joyeux(se), ou juste OK ? Ne vous mentez pas et ne mentez pas à votre bébé, c'est très important pour la suite !

★ Dans tous les cas faites quelques respirations profondes et avancez le plus lentement possible, comme au ralenti en énonçant à votre bébé que vous arrivez. Dès que vous êtes près de lui, chuchotez et parlez le plus doucement possible, comme pour ne pas le réveiller, ou ne pas le brusquer. S'il vous retrouve après une journée ou au milieu de la nuit après un rêve agité, peut-être a-t-il lui aussi besoin de se remettre dans le bain de votre présence.

★ D'ailleurs, votre bébé est-il vraiment réveillé s'il s'agit de la nuit ? Peut-être pas, peut-être qu'il dort encore, en fait. S'il est entre deux eaux, asseyez-vous à côté de lui et parlez-lui, détendez votre corps et caressez-le doucement.

★ Si vous êtes fatigué(e), dites-le-lui tout simplement. Si cela fait 10 fois que vous le prenez après des micro-siestes, dites-lui que c'est dur et si vous avez envie de pleurer, pleurez. Dites-lui que vous savez qu'il fait du mieux qu'il peut et qu'il a raison de s'exprimer, mais que parfois vous aimeriez avoir plus de temps pour vous, que vous aussi ressentez de l'inconfort.

★ Si au contraire vous êtes très en forme, dites-le-lui aussi. Dites-lui combien vous êtes heureux(se) de le retrouver après sa sieste ou après votre journée de travail.

LE SAVIEZ-VOUS ?

Le bonheur n'est pas nécessairement confortable : on peut être parfaitement épuisée de se lever et heureux(se) de le voir tout en même temps. De tels sentiments ambivalents jalonnent la vie de parents et cela dure… pendant des années ! Alors préparez-vous à pleurer de joie et de fatigue à la fois à 3 heures du matin, vous qui vous étiez levé(e), râlant sur votre nuit bâclée. Et voilà qu'une fois dans vos bras pourtant endoloris, vous pleurez de joie en regardant votre bébé téter goulûment au sein ! Plus vous accepterez et regarderez votre état de fatigue en face, plus vous pourrez accueillir ces moments de joie intense !

2 Lorsque vous prenez votre bébé dans les bras, respirez !

N'oubliez pas que bébé ressent beaucoup ce que vous vivez dans son corps et le vôtre. Votre détente et votre respiration sont des outils efficaces. Car ce qui berçait, massait, caressait votre bébé dans le ventre, n'était rien d'autre que votre souffle, votre cœur et vos mouvements ! Bref lorsqu'il est dans vos bras, les mouvements de votre corps, respiratoires ou musculaires, seront comme un baume apaisant face à ses chagrins ou ses peurs. De plus, l'attention portée sur votre propre respiration va faire baisser la « tension » dirigée vers votre bébé. Voici quelques techniques éprouvées que je conseille régulièrement aux parents.

La cohérence cardiaque : accorder cœur et souffle

C'est une technique **simple et accessible,** surtout si bébé et contre votre cœur.

★ Amusez-vous à compter sur votre respiration : 5 temps à l'inspire, 5 temps ou secondes à l'expire.

★ Éventuellement, allongez l'expiration à 6, 7 ou 8 pour augmenter l'effet relaxation, ou encore retenez votre souffle à la fin de l'expire et relaxez encore plus votre cœur sur ce temps de pause.

La marche afghane

C'est la **version « marchée » de la cohérence cardiaque**. Elle vous aidera à bercer et à apaiser bébé tout en marchant, ce qui rendra cette technique d'endormissement beaucoup plus ludique et bénéfique pour votre souffle.

★ Comptez 3 pas à l'inspire, 3 pas à l'expire.

★ Ou encore, variez suivant votre ressenti (2/2 ou 4/4).

★ Vous pouvez aussi bercer votre bébé en valsant 3 inspire, 3 expire. Marcher ou valser sur de la musique en synchronisant votre souffle dessus va remettre toutes les pendules à l'heure !

Les mantras et les sons (et les chansons)

Vous pouvez aussi chanter tandis que vous bercez votre bébé. Le son de votre voix est magique pour lui. Variez les plaisirs et changez régulièrement de chanson. Et si vous êtes musicien(ne), pourquoi ne pas jouer avec bébé en écharpe contre vous ?

Si vous souhaitez induire la détente sans pour autant chanter, imaginez un mantra. Il s'agit de prononcer des syllabes ou des mots, mais dans la tête, tel le mantra *So-Ham* qui est un mantra universel puisqu'il reproduit le son naturel de la respiration. Sur l'inspire, prononcez dans votre tête *SOOOO* et sur l'exprire le son *HAAAMMM*, cela prolonge très efficacement le souffle et calme le corps ainsi que le mental.

Enfin si le cœur vous en dit, car c'est un son très puissant et apaisant pour vous aussi, tentez le son originel et primordial *Aum* ou *Om*, que vous allongez au maximum : 2/3 de *AU* ou *OOOOO* pour 1/3 de *MMMMMM*. Plus c'est grave, plus bébé appréciera ; c'est pour cela que la voix de papa résonne encore mieux ! Calé contre votre cage thoracique, bébé ressent les vibrations puissantes de ce mantra célèbre. Bébé adore, il est comme hypnotisé.

La respiration abdominale et le cocon, une valeur sûre

C'est **la grande spécialité des nouveau-nés,** aussi, prenez-en de la graine.

★ Posez votre bébé sur votre ventre, sa tête sur votre sternum ou votre cœur, vous allongé(e) légèrement relevé(e), avec le haut du corps et les bras soutenus par un coussin d'allaitement, afin de créer un cocon, la tête posée. Il vaut mieux éviter l'horizontale afin d'éviter les remontées acides pour bébé, surtout s'il vient de manger.

★ Vous pouvez aussi vous installer sur le côté gauche sur un lit, bébé contre vous au creux de votre ventre dans la même position que vous, genoux remontés. Quelle que soit la position, vérifiez que votre ventre est en contact avec lui.

★ Puis respirez profondément en abdominal. Cela va créer un massage corps à corps entre vous et votre bébé qui va l'apaiser rapidement, tant cela lui rappellera de bons souvenirs du ventre de sa maman, son cœur battant, et délicatement bercé ! Posez votre main sur son corps, caressez doucement sa tête, chuchotez une chanson, ce sera comme la cerise sur le gâteau.

LE SAVIEZ-VOUS ?

Lire tout haut permet à bébé d'entendre une histoire, d'écouter votre voix mais aussi de ressentir les vibrations de votre voix par la voie osseuse, tout en étant massé par le mouvement de votre respiration. Bref, la panacée !

Testez le contact lecture. Prenez votre bébé contre vous, bien calé(e) contre votre ventre, le livre devant vous et lisez à voix haute, un livre pour vous, ou une histoire pour lui ! Cela l'endormira l'air de rien ! Et si votre grand ou votre grande aime lire les histoires ou apprend à lire, ce sera du bonheur en plus !

3 Les postures essentielles pour détendre son dos, ses bras et récupérer rapidement !

Entre deux tétées ou deux biberons, quand bébé fait la sieste, vous pouvez vous reposer. Mais vous pouvez aussi relaxer votre corps par des postures faciles et efficaces afin de récupérer et soulager les tensions inhérentes au maternage-paternage... Votre dos mérite le must des postures car il ne cesse d'être sollicité pendant les premiers mois avec bébé. Toutes ces postures peuvent se faire sans matériel particulier, sur votre matelas ou sur un canapé et avec des coussins. Et elles ne sont pas réservées qu'à la maman ! Papa aussi peut en bénéficier et se mettre au Yoga si ce n'est pas déjà fait !

La posture de l'enfant, pour les dos endoloris

La posture de l'enfant soulage presque tout ! Elle est bénéfique à plus d'un titre : étirement, respiration, relaxation, décompression... la liste de ses bienfaits est infinie. **Votre dos, votre cage thoracique, votre ventre, vos épaules et vos bras, vos cervicales ainsi que votre bassin (périnée compris) seront libérés.** Posture idéale pour les mamans, bien sûr, juste après l'accouchement, mais aussi pour les papas !

Vous pouvez faire la version classique, le corps plié comme en boule, genoux joints, tête au sol ou sur coussin, les bras de chaque côté du corps, épaules relâchées, ce qui soulagera votre dos et vos trapèzes endoloris ainsi que les cervicales.

Vous pouvez aussi tester une version adaptée au manque de souplesse au niveau des chevilles ou fragilité des genoux.

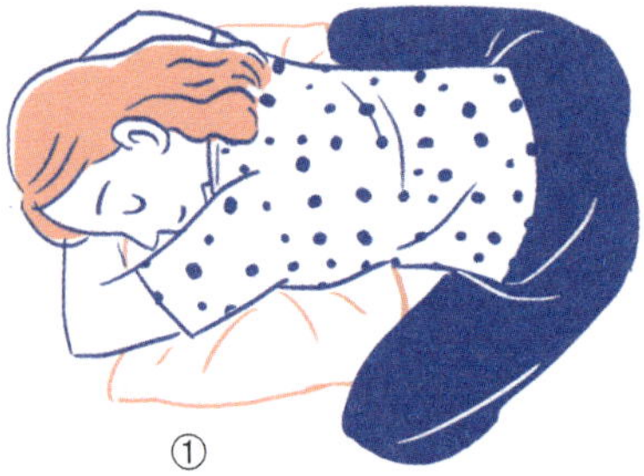

①

★ Pour ce faire, écartez les genoux, rajoutez un coussin sous le thorax, sous les genoux ou les tibias.

★ Placez vos bras vers l'avant façon doudou autour du coussin ① ou en étirement vers l'avant pour faire de la place sous les côtes.

★ Mettez les fesses plus en l'air ② si cela vous fait du bien et amenez les bras vers l'avant pour vous étirer comme un chat ! Mais ne dépassez pas la limite des genoux pour le bassin (fesses derrière la limite des genoux) afin de garder vos lombaires en étirement et pas en compression !

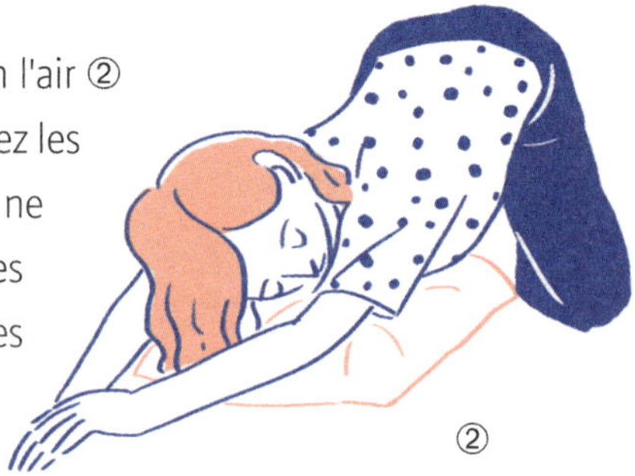

②

La posture du baluchon

Cette posture sur le dos ressemble à la posture de l'enfant mais dans l'autre sens. **Elle soulage le dos** et vous permet de récupérer rapidement **sans contrainte pour les genoux ou les chevilles** et vient **masser les lombaires et les bassins endoloris** tout en soulageant le périnée et la circulation sanguine et lymphatique.

★ Installé(e) sur le dos, ramenez vos genoux dans vos mains et comprimez délicatement votre ventre avec les cuisses ③. Respirez profondément afin de masser votre dos indirectement par la respiration.

③

★ Vous pouvez aussi écarter les genoux et croiser les chevilles et masser le sacrum et le bassin en effectuant des cercles avec les mains et les genoux. Si vous aviez du mal à tenir les genoux, posez vos pieds sur une chaise ou un canapé et faites l'essuie-glace avec les genoux.

★ Pour un effet anti-gravité, rajoutez un coussin (plus ou moins épais selon votre goût) sous le bassin et reposez vos mollets sur un canapé proche ④. Placez vos bras en arrière, le tour est joué : les jambes, le périnée et le bassin sont soulagés, la cage thoracique se déploie et vous respirez avec amplitude, tout le haut du corps est en ouverture !

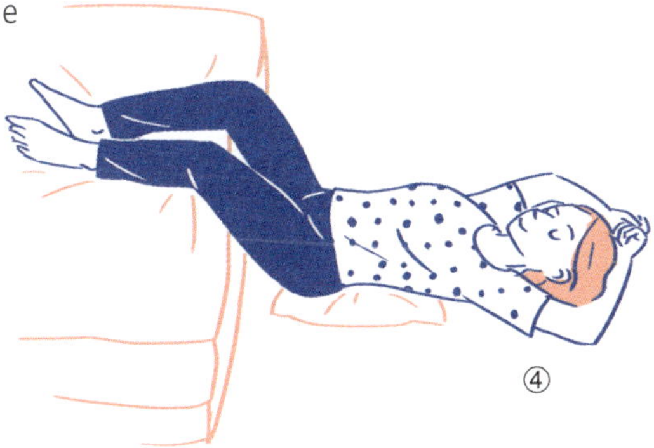
④

Le chien tête en bas

Cette posture est magnifique ! On la pratique normalement au sol mais des variantes sont possibles et bienvenues. Elle est parfaite pour **étirer et rectifier le dos, étirer les ischio-jambiers et soulager les lombaires, les cervicales.** Elle est de plus anti-gravité, ce qui est bénéfique pour oxygéner le cerveau, soulager le bassin et le périnée. Une posture complète !

★ La première version consiste à s'installer sur un tapis, à se mettre en posture de l'enfant bras étirés, puis à planter les orteils dans le sol et à monter les fesses en l'air, tête en bas : le corps forme alors une pyramide parfaite, les fesses au sommet, la tête en bas ! Le principal est de garder le dos parfaitement droit. Pour cela, il vaut mieux, soit plier les jambes, soit plier l'angle entre les bras et le corps.

⑤

★ Si on n'a pas de tapis, on peut faire le chien tête au canapé ou tête au mur ⑤ : on va mettre les mains sur un support comme si on voulait le pousser (bord de canapé ou bord de table stable coincé contre un mur par exemple ou mur). Attention à ne pas glisser sur le sol ! Il vaut mieux être pieds nus.

★ On peut alors piétiner en pliant alternativement les jambes et chevilles comme si on avançait ou comme si on poussait un chariot... Les ischio-jambiers (arrière des jambes) doivent se faire sentir mais le dos ne doit jamais tirer. Relâchez bien la tête et le tour est joué !

Étirement pour le dos sur le dos

C'est une posture très simple ⑥ qui va **corriger naturellement les dos arrondis par le poids de bébé et rouvrir la cage thoracique** rapidement et efficacement vous permettant de mieux respirer par ailleurs.

★ Asseyez-vous sur le sol ou sur un matelas, installez un coussin souple (coussin de lit) derrière vos fesses et allongez-vous en utilisant vos bras comme soutien.

★ Votre dos va alors épouser la forme du coussin et suivant sa taille. Cela vous fera cambrer plus ou moins, à vous de voir ce qui vous convient.

★ Glissez le coussin plus près du bassin si vous préférez. Cette cambrure portée soulage le dos, ouvre la cage thoracique et rectifie les cyphoses (dos rond) tout en facilitant la digestion. Que demander de plus ?

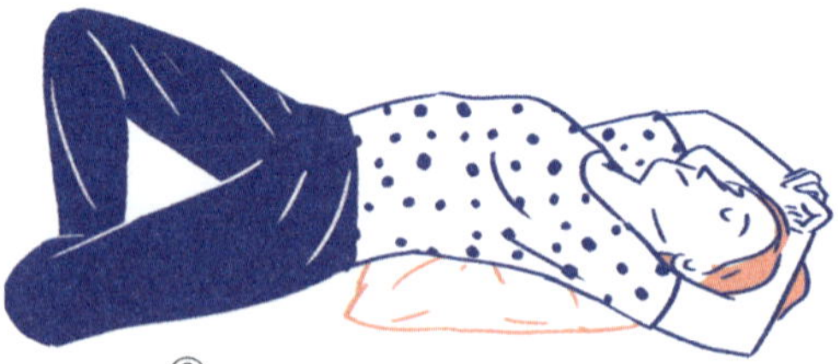

⑥

★ Vous pouvez rester 20 min dans cette posture, vous pouvez jouer avec la posture des jambes, pliées, papillon, tailleur ou étirées. À vous de jouer et voir ce qui vous fait du bien !

On en pince pour la pince

Retrouver de l'espace entre les vertèbres, tassées par tant de portage, voilà un enjeu de taille, que relève la pince, à condition de ne pas se tromper et ne pas forcer. Pour cela, nous allons apprendre à utiliser la respiration ⑦.

★ L'idéal est de s'installer au bord d'une chaise ou d'un canapé. Dépliez plus ou moins vos jambes, plantez vos talons au sol, fléchissez vos chevilles et remontez vos orteils. Puis amenez votre cage thoracique le plus loin sur les cuisses, pour bien placer le dos.

★ Attrapez vos orteils puis abaissez les pieds au sol comme pour appuyer sur une pédale et relâchez votre tête. Vous devez sentir votre dos s'allonger et s'étirer.

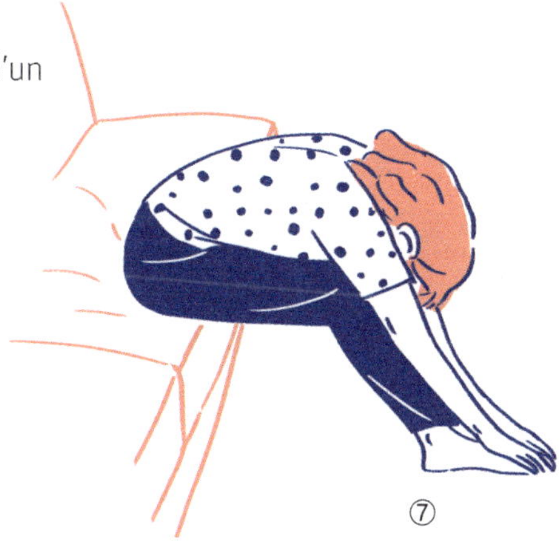
⑦

★ Respirez alors profondément dans tout votre dos étiré et votre ventre comprimé. Exagérez l'inspire et l'expire afin de masser les vertèbres et obtenir un effet de dilatation du dos à l'inspire et de relâchement à l'expire.

★ Si cette approche est trop dure, écartez vos genoux et placez vos bras croisés sur les genoux. Relâchez le haut du corps et la tête vers les jambes. Ne forcez pas !

★ Pour les habitué(e)s, vous pourrez étirer les jambes complètement à une condition, qu'il n'y ait aucun espace entre le ventre et les cuisses. Vous devez être porté(e) par les cuisses. Il s'agit d'une pince, rappelez-vous, pas d'un pont au-dessus d'une rivière. C'est impératif si vous voulez éviter de pincer vos vertèbres !

Séance

3

Des bras et des mains pour le câliner, le consoler et le rassurer

Prendre son bébé dans ses bras est sans aucun doute le geste le plus courant, le plus naturel et surtout le plus important, le plus vital qui soit dans les premiers mois. Comprendre la motricité de son bébé, sa morphologie particulière et son évolution dans le temps est donc primordial pour le prendre dans vos bras dans les meilleures conditions. Bien prendre bébé dans ses bras, bien l'envelopper, le porter, c'est s'assurer qu'il digère mieux, respire mieux, que rien ne le gêne ni l'encombre inutilement et qu'aucun de nos gestes ne vient le perturber ni l'entraver dans son développement. Vous éviterez bien des pleurs d'inconfort et d'incompréhension. Mais bien sûr, bien le prendre dans nos bras, c'est calmer ses chagrins le plus souvent et c'est lui apporter toute notre tendresse !

Une fragilité, une force

L'immaturité caractérise le nouveau-né : il est totalement dépendant de vous pour sa survie. Cette vulnérabilité est une chance, car elle est le point de départ d'une très grande plasticité cérébrale. Voilà pourquoi certains professionnels de l'enfance peuvent dire à juste titre que le nouveau-né, pendant les 3 premiers mois, est un «fœtus dehors» (Docteur Philippe Gransenne).

Le corps et la motricité unique d'un bébé obéissent à certains principes précis qu'il est important de connaître en particulier les 3 premiers mois et au-delà.

Les bras : un continuum

Les bras constituent le prolongement du ventre maternel. C'est son extension, son continuum naturel. La plupart des mammifères ne possèdent pas cette capacité de porter leur petit car ils ont besoin de leurs pattes avant pour se déplacer. Même les singes se déplacent soit sur 4 pattes, soit en suspension la majorité du temps. L'être humain, lui, porte son petit dans ses bras et tant mieux, car le petit d'homme est incapable de s'accrocher bien longtemps tel un petit singe. Son immaturité et sa faiblesse musculaire font qu'il lui est impossible d'agir pour se maintenir sur un autre corps. Vous pourrez le constater sur votre nouveau-né : le dos et la tête sont hypo-toniques tandis que les bras et les jambes sont hyper-toniques.

Comprendre la motricité d'un bébé

Deux systèmes nerveux se chevauchent à la naissance

Le contrôle cérébral (système qui va du cerveau jusqu'aux extrémités et contrôle le tonus postural et la motricité volontaire) se met en place déjà en fin de grossesse. Mais il est masqué à la naissance par le système archaïque (réflexes) et ne prendra le dessus réellement qu'au 4e mois, ce qui inversera la tendance initiale et permettra au bébé de maintenir sa tête et redresser son dos, tandis que ses bras et ses jambes vont s'assouplir, s'ouvrir au monde et perdre de leur tension initiale. C'est cette méconnaissance de ce passage de témoin qui peut laisser penser que votre bébé est stressé ou tendu dans les premières semaines alors que brasser et resserrer ses jambes et ses bras contre lui est un mouvement naturel. C'est un peu comme si un apprenti marionnettiste s'exerçait à diriger les bras et les jambes d'un pantin avec des fils : au départ, les mouvements sont saccadés et maladroits, puis, à 3 mois, la maîtrise est suffisante et le déclic se fait : les mouvements sont dirigés et souples. Sachez cependant que dès la naissance, les mouvements d'un bébé, sont intentionnels et pas seulement automatiques ou de l'ordre du réflexe. Contrairement à ce qu'on pense, ses mouvements, notamment ceux qui ramènent ses bras vers lui, consistent à vouloir se protéger et retrouver l'enveloppe du ventre ! Voilà qui vous permet de mieux comprendre ces fameux mouvements de brassage des bras et des jambes !

La gravité

La gravité a un rôle fondamental dans les mouvements saccadés des bébés à la naissance. Ces derniers ont été habitués durant 9 mois à une sorte d'apesanteur due au liquide amniotique et à l'enveloppe du ventre qui maintient l'amplitude de ses mouvements. À la naissance, ils se retrouvent comme plaqués au sol. C'est ce que vous ressentiriez si vous alliez sur une planète où la gravité serait plus importante ou encore si vous reveniez de la Lune vers la Terre. Les bébés possèdent d'ailleurs un mouvement réflexe qui est bien souvent le résultat de cette tension face au vide, la gravité ou le manque d'enveloppement : le réflexe de Moro. Lorsque bébé est à plat sur le dos, il arrive bien souvent qu'il resserre brusquement ses bras comme s'il sursautait (ce qui peut le réveiller). Et c'est pour cela que l'alcôve de vos bras est si importante pour maintenir ses bras et ses jambes en bonne place et éviter ces mouvements parasites.

Une ossature en construction, une musculature vulnérable

La tête d'un bébé est très lourde et importante en comparaison au reste de son corps. L'ossature d'un bébé est également sensible et d'une grande laxité. De nombreux os ne sont pas soudés et le cartilage est très présent. Cela signifie que l'armature d'un bébé est extrêmement souple, ce qui lui a permis de s'adapter au passage étroit de la naissance mais ne le protège pas des contraintes mécaniques fortes comme les compressions. Ses articulations sont également fragiles, en particulier les cervicales et les épaules. Il ne faudra ni les comprimer, ni les étirer par des gestes inadaptés !

Quelques images fortes pour comprendre

★ **Un poids lourd, la tête :** imaginez que votre tête pèse trois fois son poids ou encore que vous portez un casque de moto. En laissant sa tête sans soutien, vous pouvez fragiliser les cervicales, surtout lorsque la tête part en arrière car ce sont alors des centres nerveux, circulatoires, articulaires importants qui sont impactés.

★ **Une cage thoracique souple et laxe :** imaginez que votre cage thoracique est trois fois plus souple qu'elle ne l'est et qu'à chaque fois que l'on vous vous soulève ou vous serre dans ses bras, cela vous étouffe.

★ **Un corps flexible comme un accordéon :** enfin, voyez votre colonne vertébrale comme un accordéon. Que se passerait-il si on vous mettait à la verticale, ployant sous votre propre poids sans maintien interne ou externe (des béquilles) ? En raison de cette grande laxité du corps et de l'hypotonicité du dos, principalement au cours des 3 premiers mois, il y a un risque de compression des organes internes, ce qui peut entraîner des problèmes respiratoires et digestifs.

★ **Des épaules sensibles :** notre ceinture scapulaire (l'ossature/musculature qui relie nos bras à notre corps) n'a rien à voir avec celle d'un singe qui est faite pour se suspendre. Elle est en vérité plus proche d'une aile de poulet... Une image pour vous faire comprendre l'enjeu ! Si vous tirez un bébé par un bras en particulier, cela peut créer une luxation, et cela même plus âgé.

Certes ce sont des images radicales, mais vous savez maintenant comment il est important d'être vigilant lorsque vous prenez bébé dans vos bras. Dans les cas pratiques qui suivent, vous allez trouver des exemples de mises en application pour éviter son inconfort.

En pratique

Les principes d'un bon portage

Voici les différentes recommandations soutenues par les ostéopathes.
Commençons par les 4 gestes à éviter.

1 Ne laissez pas sa tête ballante ou sans support en particulier. Ne la laissez surtout pas tomber vers l'arrière et évitez de la laisser comprimer le sternum ou peser sur le reste de la colonne vertébrale.

2 Évitez de laisser la colonne vertébrale se tasser ou se plier ①.

Mauvaise posture où le bébé a la colonne vertébrale trop pliée

①

Mauvaise prise où le bébé a la cage thoracique en étau

3 Évitez de prendre la cage thoracique en étau. Donc, sauf si la sécurité l'oblige, limitez la « prise en sandwich », qui consiste à prendre bébé sous les bras. Tant que possible, tâchez de lui offrir des points d'appui d'un seul côté, sternum ou dos. ②

Mauvaise prise où le bébé a la tête qui part en arrière

4 Ne tirez pas sur les bras, ne soulevez pas bébé en prenant ses mains et en laissant la tête partir en arrière ③.

Il faudra faire attention, non seulement à la manière de prendre bébé dans vos bras mais également à comment bien le maintenir afin de l'aider à développer son autonomie et sa liberté de mouvement, libérer sa respiration et sa digestion ainsi que sa vision.

Voici les 4 gestes à adopter

1 **Tenez la tête et le bassin** de votre bébé dans la plupart des interactions.

2 **Soutenez le corps de votre bébé en deux points** (tête bassin ou sternum bassin, comme nous le verrons par la suite) afin de garantir que bébé n'est ni « tassé » ni comprimé par le portage, quel qu'il soit.

3 **Enveloppez bébé et soutenez son corps sur une grande surface :** cela répartira les pressions de manière homogène. Par exemple, portez bébé avec toute la paume de la main ou tout votre avant-bras !

4 **Gardez, dans la mesure du possible, un angle par rapport à l'horizontale entre 10 et 30°** lorsque bébé est sur le dos ou sur le côté et un angle de 30-70° lorsqu'il est plutôt à la verticale avec la tête ou le sternum en appui sur vous ou sur votre main.

1 Les bonnes manières pour prendre bébé en dynamique

La classique : le cocon

Cela consiste à glisser une main derrière la nuque et la tête et l'autre main sous le bassin, en faisant rouler délicatement bébé sur le côté et en le recueillant dans la paume de vos deux mains puis en le rapprochant de vous délicatement ①.

①

L'originale : la roulade

Elle consiste à « rouler bébé », et l'amener en position ventrale. À partir de là, vous le retournez pour le soulever non pas entre la tête et le bassin mais entre le sternum et le bassin. Ainsi positionné, bébé n'est pas comprimé et il peut libérer sa tête facilement. Cette roulade est bénéfique à plus d'un titre : non seulement elle vous demande peu d'efforts, mais elle fait participer bébé et l'invite à utiliser ses capacités de torsion (si votre main est posée sous le bassin au départ)/roulade (si votre main est posée plus haut dans le dos) qui seront ses premiers mouvements de déplacement autonome.

②

Cette prise se fait en **3 temps.** Il faudra veiller au départ à choisir le bon côté pour faire rouler bébé. Privilégiez le côté où bébé tourne la tête. Dans le cas suivant, le bébé tourne sa tête sur sa droite.

1 Posez la main gauche sur son sternum, glissez la main droite derrière son dos entre ses omoplates ou le long de sa colonne vertébrale ou encore derrière son sacrum ②.

2 Poussez avec la main droite sans comprimer la cage thoracique afin de faire rouler bébé sur son épaule puis mettre son poids et son sternum sur la main gauche ③. Sa tête roule et se soulève légèrement en même temps.

③

④

3 Puis glissez la main droite sous ses fesses et soulevez bébé en maintenant délicatement sa tête par le menton si nécessaire avec les doigts de la main gauche ④.

2 Changer la couche de bébé : changez de point de vue !

C'est une autre façon de « manipuler bébé » et de bien le positionner sans compression. Car la plupart du temps, bébé est sur le dos et on est obligé de soulever les jambes et le bassin pour le changer, ce qui comprime la cage thoracique et le met à l'envers. Ce n'est pas souhaitable car, bien souvent, bébé a mangé avant de se libérer ! Voici une autre manière de faire en **3 étapes,** pudique et respectueuse de son estomac !

La posture de l'enfant, pour les dos endoloris

1 Roulez bébé sur un côté en maintenant le haut du corps avec une serviette roulée ou un doudou ①.

2 Ouvrez la couche et nettoyez les fesses de bébé en relevant sa jambe de dessus, puis ôtez la couche.

3 Enfin, mettez la nouvelle couche et roulez bébé sur le dos à nouveau. Et voilà le travail !

①

3 Comment faire pour bien le prendre en statique ?

Il est primordial, lorsque bébé est dans vos bras, d'avoir vos propres bras et corps détendus. **Mieux vaut éviter de porter bébé dans le vide** (en dehors des moments où vous vous déplacez avec bébé dans vos bras, bien sûr). Pour cela, il va falloir vous caler avec des coussins, avec vos genoux afin de relâcher toute tension inutile.

Contre soi

C'est la position du câlin qui permet à bébé d'être contre votre poitrine et donc contre votre cœur.

★ Si vous êtes debout, veillez soit à bien soutenir la tête et le bassin de bébé, soit à mettre bébé suffisamment haut pour que sa tête repose sur votre épaule et ne pèse pas sur sa colonne vertébrale ①.

①

★ Lorsque vous êtes plus allongé(e), bébé peut alors se positionner à n'importe quel endroit de votre corps et déposer sa tête sur votre cœur, sur votre plexus solaire ou même votre ventre. Repliez les jambes pour maintenir son corps contre vous, vos mains contre son dos ② ; le bonheur tout simplement !

②

Devant soi, face à face

Bébé ne voit pas plus loin qu'à 20-30 cm. L'idéal ici, pour effectuer des bains de regard, va être de positionner bébé face à vous afin de libérer non seulement son cou (ce qui va libérer son regard) mais aussi vos cervicales.

★ Installez des coussins dans votre dos et sous vos bras (le coussin d'allaitement est idéal), des coussins face à vous pour poser bébé, ou encore directement sur vos jambes.

★ Pliez vos genoux sur un angle de 30° par rapport à l'horizontale.

★ Les fesses de bébé sont dans le creux de votre ventre, sa tête est posée sur vos cuisses, face à vous.

★ Si vous souhaitez que bébé soit plus vertical, il faudra maintenir sa tête dans vos mains pour libérer ses cervicales et éviter qu'il ne se tasse sur lui-même ③.

★ Plongez alors votre regard dans le sien... Et savourez sans modération !

③

Contre soi sur le côté

④

Ce portage consiste à maintenir tout le corps de bébé dans vos bras et en particulier soutenir la base du crâne, la colonne vertébrale et le bassin. Il permet d'éviter de redresser trop bébé quand il est sur le dos. L'angle ne doit guère dépasser 40° par rapport à l'horizontale. Il est impératif d'avoir vos propres bras posés sur des coussins lorsque vous êtes assis(e) afin d'éviter toute contraction dans l'épaule et le trapèze ou encore l'avant-bras. De nombreuses tendinites seraient évitées si on pensait à ce petit détail !

★ Installez la tête de bébé au creux de votre coude de telle sorte que la base de son crâne soit bien portée par votre avant-bras et ne ramène pas son menton trop près du sternum ④.

★ Son dos épouse alors parfaitement tout votre avant-bras et ses fesses votre main, l'autre bras venant renforcer le portage. Votre regard est alors parfaitement à distance du sien !

4 Comment s'y prendre pour bien le prendre en statique ?

⑤

Bébé passe beaucoup de temps à téter. Lorsque vous donnez le biberon, cela ne change rien à la position précédente. Mais si vous donnez le sein, il est nécessaire de faire une variation de la posture précédente. Lorsque bébé est nouveau-né, **il faut éviter toute tension musculaire au niveau cervicale,** donc faire en sorte qu'il n'ait pas à tourner la tête pour téter. Il faut donc mettre bébé face au sein.

★ Vous pouvez alors être **assise,** votre bébé presque à l'horizontale, posé sur un coussin contre votre ventre ⑤.

★ Vous pouvez aussi être **allongée** légèrement en arrière, avec bébé plus à la verticale, sa tête contre le haut de votre bras, ses fesses sur votre avant-bras ⑥. Veillez à avoir vos bras bien portés par des coussins !

⑥

La panthère

Idéale après la tétée, la panthère ⑦ permet à bébé de **changer de point de vue.**

★ Placez-le à califourchon sur votre avant-bras, sa tête au creux de votre coude, ses fesses dans votre main, son dos contre votre ventre. Bébé est alors presque face au monde afin que sa tête soit bien portée par votre bras, sans contraintes.

★ Plus bébé grandit, plus vous pourrez varier l'angle de votre bras pour mettre bébé presque à la verticale lorsqu'il tiendra parfaitement son dos. Vous pourrez ainsi le porter d'un seul bras, qui fera office de ceinture de sécurité !

⑦

5 Lorsque bébé pleure

Le baluchon

Un pédiatre américain, le docteur Robert Hamilton a mis au point une prise du bébé qui permet **de calmer des pleurs d'inconfort** (ce qui exclut en général les pleurs de faim). Je l'ai appelée le baluchon ① !

★ Repliez les bras de bébé devant son sternum dans la paume de votre main et maintenez aussi son menton avec vos doigts si sa tête retombe trop sur le sternum.

①

★ L'autre main empaume largement les fesses et le bassin, mais une grande partie du poids est dans la main sous le sternum de bébé. Le corps de bébé est légèrement penché vers l'avant à 30° de la verticale environ !

★ La main sous les fesses berce et agite délicatement le bassin de bébé : attention cette posture fatigue rapidement les bras mais le jeu en vaut la chandelle, cela calme presque instantanément les pleurs de bébé.

Lorsque bébé grandit, il tient de mieux en mieux son dos et sa tête, vous pouvez alors simplement mettre votre main sous son sternum en laissant ses bras et sa tête libres ②.

②

Dans le bain ou dans l'air, bébé volant ou nageur !

Lorsque bébé porte bien sa tête et son dos, vous pourrez le tenir avec votre avant-bras ou votre main sous son sternum et l'autre sous les fesses ③. Vous pouvez alors le pencher vers l'avant jusqu'à 30° à l'horizontale, comme pour lui faire faire l'avion. **C'est une position idéale dans le bain à partir de 3-4 mois** qui le changera de la position passive sur le dos et stimulera ses capacités naturelles de nageur ! À moins qu'il ne s'agisse d'un oiseau ! Vous aurez alors grand plaisir à le voir pédaler de manière rythmique dans l'eau !

③

6 En avant toute !

Vous pourrez expérimenter les postures suivantes lorsque bébé aura entre 2 et 4 mois et qu'il saura bien relever sa tête.

Le balcon

Lorsqu'il est assis sur vos jambes, passez votre bras ou vos deux bras sous son sternum, comme une bouée sous ses bras, afin d'éviter tout tassement ①. Laissez-le se pencher vers l'avant. En s'appuyant via son sternum sur votre bras, il parvient à dégager sa tête du sternum et laisse son cou apparaître. C'est un peu comme s'il était accoudé sur un balcon ! Vous constaterez vite qu'il préfère cette posture à une position tassée contre votre ventre car il peut ainsi mieux dominer son environnement.

①

La rampe de lancement

Vous pouvez tester cette position lorsque vous marchez, afin de ne pas vous fatiguer et soulager vos bras ②.

★ Placer les fesses de bébé au creux de votre ventre.

★ Passez votre avant-bras sous son sternum et penchez-le vers l'avant à 30° de votre corps.

★ Bébé est alors comme un conquérant et une grande partie de son poids est répartie entre votre bras et votre ventre !

★ Attention de faire en sorte que son dos ne soit pas tassé mais étiré et dynamique.

Bébé adore alors cette position qui le rend actif et lui donne un certain pouvoir sur son environnement qu'il peut regarder avec beaucoup de facilités et de hauteur ! Quel bonheur. Vous pourrez ainsi vous promener dans votre appartement, maison, dans un parc facilement tout en faisant profiter à bébé de la vue !

②

Séance

4

Renforcer le bien-être physiologique de bébé

Bébé a un besoin vital de **proximité** et de **sécurité**. C'est un mammifère avant tout : inutile de vouloir lutter contre des centaines de milliers d'années d'adaptation. Dans l'idéal, votre bébé doit rester proche de vous.

Ne le laissez pas pleurer, de jour comme de nuit, dans le but de lui « apprendre » à se passer de vos bras. Bien sûr, vous aurez des impondérables ou des urgences : vous doucher, aller aux toilettes, étendre une lessive urgente. Dans ces cas-là, expliquez-lui ce que vous faites et essayez tant que possible, de conserver un lien visuel qui le rassurera. S'il y a quelque chose que bébé ne comprendra jamais, c'est que vous le laissiez pleurer tout seul dans un but éducatif... Mais quel but au juste ?

Faut-il respecter des rituels avec bébé ?

Cela dépend de vous, de votre rythme propre. La seule chose dont bébé a besoin, c'est le rituel de vos bras, de votre voix, de votre présence. Peu importe la forme que cela prendra, à vous d'imaginer des habitudes de votre cru : lecture d'une histoire, écoute d'une musique ou simplement votre présence et votre voix. Je ne le répéterai jamais assez : plutôt que de mettre bébé dans une pièce seul, s'obstiner à l'endormir ou le laisser pleurer pour trouver son sommeil sans votre présence, gardez-le près de vous. Il s'apaisera bien plus sûrement et vous pourrez le poser plus tard dans son lit, une fois bien endormi.

Tant que bébé ne bouge pas, tant qu'il ne se déplace pas de lui-même, il a besoin de votre présence, de vos bercements pour s'endormir. Cela n'aura qu'un temps, les bébés grandissent vite et ils ne tiendront pas longtemps dans le creux de vos bras. Profitez-en et faites-en un moment de joie : dansez avec votre bébé, valse, tango, slow, java, avec les musiques que vous aimez et pas seulement des berceuses. Partagez, laissez-vous aller ! Enfin, usez et abusez de l'écharpe de portage pour alléger vos épaules.

Quelques consignes de sécurité

- Dans la pièce où vous vous tenez, salon, cuisine, extérieur, prévoyez des aménagements et des systèmes portatifs pour que votre bébé reste au plus près de vous.
- Sauf pour le lit, placez bébé au sol autant que possible afin de le savoir en sécurité.
- Gardez bébé sous vos yeux dans la journée la plupart du temps.
- Restez à proximité de votre bébé la nuit pendant les premières semaines, premiers mois selon vos possibilités.

En pratique

Créer le bon environnement et la bonne ambiance

L'environnement joue un rôle primordial dans le bien-être de bébé, de jour comme de nuit. Les extrêmes ne lui conviennent pas et surtout, le système de régulation d'un tout petit est très différent du nôtre. Il ressent puissance 10 ce que nous ressentons, nous : la chaleur, le froid, le vent, les odeurs, la lumière, le soleil, des habits trop serrés, la surstimulation visuelle ou auditive et, à l'opposé, l'absence de bruit. Tout peut devenir très vite agressif pour lui et il n'a pas d'autre moyen de s'exprimer que les pleurs... Alors autant devancer et observer l'environnement avant que bébé ne soit désorganisé et ne parvienne à se calmer ! Nous allons ainsi passer en revue tout ce qui pourrait causer des désagréments à bébé : température, lumière, sons, habits, literie, pour répondre à ses besoins essentiels (le sommeil en particulier), et favoriser, voire libérer ainsi tous ses sens dans le bon sens ! Visuel, auditif, digestif, kinesthésique et physiologique.

1 La bonne température

Bébé ne supporte ni la trop forte chaleur, ni le froid. Il peut se déshydrater ou perdre beaucoup d'énergie rapidement ! Pensez-y : **ni trop couvert ni pas assez !**

En cas de chaleur, de fièvre ou de déshydratation

★ Attention aux coussins trop près du nez, du visage et du crâne, ou aux doudounes trop chaudes qui empêchent bébé de réguler sa température ! Il faut toujours une circulation de l'air à un endroit ou un autre.

★ Une transpiration excessive doit vous alerter et il peut arriver que bébé se déshydrate rapidement dans un lieu trop chaud. N'hésitez pas à lui donner le sein ou un biberon plus souvent le cas échéant.

★ Si bébé est dans une poussette, évitez à tout prix le lange comme pare-soleil et préférez un tissu respirant anti-UV. Sinon, son berceau deviendra une étuve...

★ Le nez de bébé doit toujours être dégagé, quelles que soient les circonstances (portage, lit, extérieur). En effet, le système très perfectionné de respiration nasale fait aussi office de climatisation naturelle du cerveau qui en a besoin pour se détoxifier, en plus de l'oxygène qui lui est vital !

★ Évitez les climatisations dans les voitures notamment mais aussi dans les maisons (très nocives et pouvant créer un dessèchement des muqueuses ou une angine) ainsi que les ventilateurs... qui réchauffent l'atmosphère ! Ouvrez les fenêtres et créez une ventilation naturelle. Notre corps est fait pour s'adapter à différentes températures, ne donnez pas de mauvaises habitudes à votre bébé !

Lorsque bébé a trop froid en général, vous savez quoi faire. Mais lorsqu'il a trop chaud, l'été, voici **une astuce simple et efficace !**

★ Utilisez une poche de glace (pour les bleus) sortie du congélateur (ou une bouillotte congelée glacée.

★ Enveloppez-la dans un tissu suffisamment épais pour ne pas trop brusquer sa peau.

★ Glissez-la sous la housse ou directement sous les jambes de bébé.

Cette astuce est à utiliser en toutes circonstances, dans la poussette, dans le landau, dans le siège auto mais aussi si bébé a de la fièvre ! Vous pouvez en disposer aussi à d'autres endroits, pas forcément sous le corps de bébé d'ailleurs mais autour de lui sous le drap-housse par exemple. Cela fera office de rafraîchissement. Très utile en voiture par exemple ou la nuit !

Le protéger du froid

Si bébé a trop froid, qu'il s'agisse de sortir ou de prendre un bain, il faudra très vite le réchauffer, en particulier les extrémités et la tête qui sont les plus sensibles au froid. La couleur de ses lèvres ainsi que la température de ses extrémités seront un bon indicateur.

★ Prévoyez de couvrir toujours les extrémités et en particulier, les mains, les pieds et la tête qui représente une très grande surface d'échange de chaleur. Voilà pourquoi on met un petit bonnet aux nouveau-nés.

★ Attention, certains bébés n'aiment ni les habits en laine (trop piquante) ni les cols roulés !

★ Évitez les bains trop nombreux pour bébé pendant les premières semaines. Non seulement c'est inutile, mais cela lui fait perdre beaucoup d'énergie inutilement. Une petite toilette suffit largement !

ASTUCE

Une petite astuce consiste à utiliser une peau d'agneau, même en été, elle régule la température et absorbe l'humidité ! Vous pouvez l'utiliser n'importe où et la rouler sous les jambes de bébé pour bien le maintenir en place !

2 Un environnement adapté à ses besoins

★ **Une chambre aérée :** la chambre doit être aérée matin et soir, au moins 5 min, même en hiver. En effet, la pollution concerne souvent plus l'intérieur que l'extérieur ! Laissez autant que possible le soleil entrer. La lumière et l'air sont des facteurs importants pour limiter la présence d'acariens et de moisissures.

★ **Une literie saine :** prévoyez des matières naturelles (lin, coton, laine bio, latex naturel), une literie ni trop dure ni trop souple et des aménagements qui permettent de transporter bébé partout (nacelle souple, berceau, réducteur de lit), afin que bébé garde ses repères partout sans avoir à tout déménager à chaque fois ! (Voir la séance 6, p. 106).

★ **De bonnes odeurs :** tout comme nous, bébé aime les bonnes choses. N'hésitez pas à lui faire partager des parfums naturels : un petit coussin de lavande, un bouquet de fleurs, les effluves de vos petits plats. Avec parcimonie, vous pouvez également diffuser 2 à 3 gouttes d'huiles essentielles aux propriétés apaisantes comme la lavande, l'orange douce, les agrumes... Ce sont les plus douces ! Attention n'en mettez jamais dans son lit et surtout, jamais en contact avec sa peau !

★ **Une ambiance sonore douce :** bébé aime entendre les bruits de son environnement. N'ayez pas peur de parler, bouger, marcher, cuisiner, manger. Et laissez-le rester près de vous ! Il ne s'agit pas de crier ou de mettre la télé à fond, mais de conserver un environnement sonore comme lorsque bébé était dans votre ventre. Entendre votre voix est un nectar pour lui. Le silence total n'est pas souhaitable car il risque de s'habituer à une ambiance qu'il faudra à tout prix reproduire plus tard ! Quant à tenter de sortir sans bruit de sa chambre, c'est peine perdue : il a des capteurs infaillibles ! Dites-lui ce que vous faites, que vous quittez la pièce et que vous êtes juste à côté. N'ayez pas peur de vaquer à vos occupations dans sa chambre durant son sommeil, d'inviter des ami(e)s ou même de téléphoner (tout en l'éloignant du portable). Laissez-le vous entendre, vous écouter : cela le rassure et surtout vous vous faites un cadeau inestimable, celui de pouvoir l'emmener partout sans craindre qu'il ne parvienne pas à s'endormir... Bien au contraire !

★ **Du mouvement :** n'ayez pas peur de déplacer votre bébé même endormi. Il est en revanche primordial de le prévenir avant de le prendre dans vos bras ou le poser ! Prévenez-le doucement (« c'est maman » ou « c'est papa »), puis dites-lui que vous allez le prendre dans vos bras ou le poser dans son berceau, ou même encore changer sa couche. Mais oui, on peut changer un bébé sans le réveiller ! Il faut juste utiliser de l'eau tiède, une lumière très douce si c'est la nuit !

La bonne luminosité : ni trop, ni trop peu, au bon moment !

Bébé confond-il le jour et la nuit ? Ce n'est pas aussi simple ! Il faudrait se mettre à la place de bébé et imaginer que trop de lumière après 9 mois de captivité, c'est *too much* ! Un nouveau-né ferme les yeux et dort de la même manière qu'on boucherait nos oreilles lorsqu'il y a trop de bruit. Inutile donc de l'exposer à la lumière franche dès la naissance, sauf si nécessité médicale (jaunisse) mais avec un masque sur les yeux !

★ **Pendant le premier mois,** si vous sortez bébé, faites en sorte qu'il soit complètement à l'ombre et que jamais le soleil ne puisse atteindre ses yeux. Prévoyez de limiter les sorties en lumière extérieure trop agressive. Ainsi, bébé va s'adapter petit à petit.

★ **Dans la journée,** mettez des rideaux ou des voilages, des stores pour atténuer la luminosité surtout en plein été. Ainsi, bébé sera plus calme (y compris pendant les tétées) et gardera les yeux ouverts plus longtemps dans la journée, facilitant ainsi un meilleur sommeil la nuit.

★ **La nuit,** installez une lumière d'appoint, une liseuse lorsque vous changez sa couche.

★ Évitez la lumière du plafond, cela agresse ses yeux.

Mais bébé a aussi besoin de la lumière extérieure pour développer son système visuel et pour mieux dormir la nuit ! Aussi, à partir du 2e mois, vous pourrez sortir avec bébé et l'exposer à la lumière du jour à certaines conditions. Prévoyez des pare-soleil efficaces et installez bébé tête opposée au soleil, sous un parasol ou sous les arbres. Ainsi bébé ne sera pas aveuglé !

★ Pas de soleil dans les yeux, c'est très nocif ! Prévoyez de protéger bébé des UV.

★ Exposez bébé à la lumière du jour le matin, ne le maintenez pas dans le noir trop tard dans la matinée afin qu'il produise de bonnes hormones du sommeil le soir venu.

★ Évitez la lumière bleue des écrans, surtout le soir et ça pendant toute la petite enfance !

Le bon environnement visuel

La vue va devenir le sens primordial de bébé et son développement va être crucial durant sa première année. C'est sa vision qui va entraîner sa motricité et stimuler ses gestes et ses mouvements. Si son regard est bien stimulé dans toutes les bonnes directions, cela allégera ses cervicales, équilibrera et symétrisera son tonus ! Naturellement, il convient de protéger ses yeux et ne pas le surstimuler. **Voici quelques astuces.**

★ Libérez la vision de bébé, ne mettez pas un cirque (mobile, arceaux de tapis d'éveil) au-dessus de sa tête, mais plutôt au-dessus de ses pieds pour qu'il puisse s'en échapper et regarder ailleurs s'il en a envie.

★ Le tour de lit ne doit pas être trop haut afin de ne pas obstruer sa vision.

★ Symétrisez les positions de son couchage afin de stimuler les deux côtés visuels, changez de lieu de sommeil, le sens du lit, et même de côté de lit si maman allaite.

★ Installez bébé dans différentes pièces et alternez par rapport à la fenêtre et l'arrivée de lumière.

3 Le confort physiologique de bébé : libérer le mouvement, la respiration et la digestion

Bébé a besoin de pouvoir gigoter et bouger librement, ses habits doivent lui permettre de respirer au niveau du ventre sans contrainte. C'est primordial pour sa capacité respiratoire (diaphragme), pour pouvoir mobiliser son bassin et activer les articulations (hanche et bassin) et surtout libérer sa digestion (intestins), c'est pourquoi il faudra ne pas trop serrer la couche et surtout avoir des élastiques larges et souples par exemple autour de la taille afin de ne pas entraver la respiration ventrale et lui permettre de remonter ses genoux vers le ventre (aimeriez-vous avoir un jean lorsque vous faites du Yoga ?) **Voici quelques techniques pour aider à la digestion qui vont dans ce sens.**

Le massage pour préparer le système digestif et apaiser les maux de ventre

La digestion est un des sujets épineux des bébés. Le massage du ventre peut être une solution lorsque bébé se tortille et montre son inconfort. Bien sûr il faut éviter de masser après le repas. L'idéal en fait serait de masser avant la tétée pour activer le système digestif et mieux le mettre en route. D'ailleurs, la plupart du temps, le massage donne faim !

★ Repliez les jambes de bébé vers son ventre et effectuez des petits tours de genoux dans un premier temps, c'est le meilleur massage du ventre qui soit ① !

①

★ Parfois les 2 mains bien chaudes (frottées efficacement auparavant) posées sur le ventre comme une bouillotte peuvent être d'un grand apaisement. Et vous pourrez alors effectuer quelques gestes salvateurs, sur le body ou directement sur le ventre avec un peu d'huile au choix, selon la réponse de bébé !

★ Passez délicatement une main et puis l'autre sur toute la surface du ventre de bébé, en tournant dans le sens des aiguilles d'une montre autour du nombril ②.

②

★ Lorsque bébé se tortille avant la tétée, c'est peut-être qu'il cherche à éliminer. Aidez-le en pinçant délicatement le ventre entre votre pouce et les autres doigts de part et d'autre du ventre, de sous les côtes jusqu'au bas du ventre ③. Parfois, ce simple geste suffira à activer le système digestif avant une tétée plus sereine !

③

4 L'emmaillotage de côté pour apaiser bébé dans la journée (de la naissance jusqu'à 3 mois)

Pour aider bébé à s'apaiser ou s'endormir dans la journée, voici une technique infaillible : l'emmaillotage de côté ! C'est l'emmaillotage PLS (Posture Latérale de Sécurité), nom de posture qu'on utilise en cas d'urgence !

★ Roulez une grande serviette pas trop épaisse et moelleuse ou un grand lange tout doux. Placez bébé sur le côté ①.

★ Passez le boudin entre les jambes de bébé ②.

★ Enveloppez le dos de bébé avec la partie de derrière en allant jusque sous la tête. L'autre bout vient se glisser devant son ventre puis sous la tête également. On replie alors la jambe du dessus vers le ventre et on caresse le dos de bébé ③.

Cette position est magique dans la journée pour apaiser bébé et l'aider à trouver une posture idéale de détente, favoriser sa digestion et se sentir en sécurité.

① ② ③

Séance

5

Construire des repères par le massage et le portage

Dans votre ventre, bébé était entouré, enveloppé, bercé, caressé, massé. Les limites de son corps étaient redéfinies en permanence par l'utérus qui l'enveloppait, ce cocon chaleureux qui lui apportait tout ce dont il avait besoin. Les contractions faisaient office de massage stimulant ; le liquide amniotique, d'amortisseur moelleux ; votre respiration, de caresses permanentes et votre cœur, de musique rythmée et chaloupée. À la naissance, bébé se retrouve à nu, dans un vide perceptif et corporel s'il n'est pas alors entouré et rassuré. **Il s'agit alors de l'aider à passer de cette bulle protectrice à l'enveloppe protectrice de sa propre peau.**

Après l'enveloppe du ventre... trouver ses repères et ses « limites »

Dans les premiers mois de sa vie, votre bébé, contrairement à beaucoup de mammifères, n'a pas encore acquis des mouvements autonomes, il est extrêmement dépendant, il a donc un besoin vital d'une enveloppe protectrice qui va l'aider à mieux se connaître avant d'aller explorer le monde. D'abord une enveloppe pour lui rappeler celle de votre ventre grâce à l'écharpe de portage, pour passer à celle de sa propre peau grâce au massage.

Entre 6 et 12 mois environ, il s'échappera de vos massages et de votre écharpe pour développer son autonomie, un peu comme une deuxième naissance... C'est bon signe, c'est qu'il a suffisamment de repères et que vous avez bien travaillé !

Bonne nouvelle : bébé sait distinguer son corps du vôtre

Longtemps on a écrit dans tous les livres de puériculture et de psychologie que bébé était en fusion avec sa mère, psychiquement et physiquement, et qu'il confondait son corps avec le sien. S'il est en effet une éponge émotionnelle et n'a pas accès par lui-même aux limites de son corps et a besoin de mains, de bras, d'écharpe, d'affection pour y parvenir, votre bébé sait tout de même différencier son corps du vôtre, fort heureusement !

Les sciences cognitives nous ont confirmé qu'il existe chez chaque être humain, dès la grossesse, une boucle sensori-motrice qui nous indique si nous touchons notre corps ou autre chose (sinon nous sursauterions à chaque fois que nous nous touchons !)

Cette croyance a hélas induit une forte culpabilité chez les mères et l'injonction de devoir tout contrôler, y compris leurs pleurs et leurs peurs pour ne pas perturber leur petit (si je suis triste, alors il va l'être). Bébé est un être hypersensible, certes, à l'affût de toutes vos émotions et vos mouvements, mais il sait distinguer son corps de votre corps, et c'est tant mieux car vous pouvez stimuler cette capacité innée grâce au massage !

En pratique

Une deuxième enveloppe avec l'écharpe de portage et des repères solides grâce au massage

Masser et porter son bébé est un moyen puissant pour lui permettre de se construire des repères affectifs et corporels.

★ **Le portage** va imiter le ventre maternel presque parfaitement, comme une deuxième enveloppe protectrice, psychique et physique qui s'adapte à ses besoins et qui s'étire pour le laisser regarder le monde tout en se sentant en sécurité, tout contre vous.

★ **Masser bébé** va lui permettre de se situer dans l'espace, d'avoir des informations précises sur sa propre peau. Sans vos mains, il n'a pas accès à cette information essentielle. Ainsi, il va pouvoir mettre à jour son schéma corporel en constante évolution et connaître les limites de son corps.

Masser et porter bébé, c'est aussi et surtout une manière d'entrer en communication avec vous. Connaître son corps par le contact d'un autre, c'est développer son estime de soi et son intégrité corporelle et psychique. C'est se sentir bien dans sa peau, tremplin essentiel pour découvrir et percevoir le monde physique et humain qui nous entoure en s'y cognant le moins possible.

1 L'écharpe de portage

Principes et bienfaits de l'écharpe de portage

L'écharpe de portage permet à bébé de retrouver des sensations similaires au ventre. Il provoque une détente immédiate et fait office d'intermédiaire entre l'intérieur et l'extérieur. Ses avantages sont nombreux et variés :

★ bébé dormira facilement dans l'écharpe ;

★ il pourra digérer plus facilement grâce à une position verticale ;

★ il poursuivra le développement de son système vestibulaire initié dans le ventre par les mouvements permanents (ou presque) de sa maman ;

★ il vous permettra également d'avoir les mains libres et de vous détacher d'une attention trop soutenue à bébé comme lorsqu'il était dans votre ventre.

Il est conseillé d'avoir une écharpe de portage souple (en jersey épais) afin d'imiter justement la sangle abdominale des mamans presque à la perfection : un bandeau latéral imitera le transverse et les deux bandeaux celui des obliques. Ainsi bébé retrouve tout naturellement ses habitudes mais avec la tête en haut cette fois-ci !

Cette écharpe souple permet de faire le nœud d'emblée et d'installer ou désinstaller bébé selon les circonstances (allaitement, déplacement) tout en gardant l'écharpe sur soi, sans réajustement. Sa souplesse permet de bien l'ajuster et d'utiliser chaque pan de tissu pour maintenir bébé dans le bon axe, notamment sa colonne vertébrale.

Les nœuds

★ **Le portage des premiers mois :** comme pour le portage dans les bras, l'écharpe doit permettre à bébé d'être maintenu de toute part et en particulier la tête (pas de tête en arrière ni de tête qui pèse sur le sternum) ! Dos légèrement arrondi comme dans le ventre durant les 3 premiers mois, cette position doit évoluer pour permettre à bébé de redresser son dos au fur et à mesure. L'écharpe apporte la même qualité de portage que le ventre de maman, en répartissant le poids de bébé partout sur le tissu !

①

Vous pouvez suivre des tutos très bien expliqués, mais l'idéal est de suivre un cours de portage afin de vous donner confiance et vous indiquer la bonne manière afin d'éviter les erreurs. Les 2 portages suggérés pendant les 3 premiers mois sont le portage de profil et le portage ventral.

★ **Le portage de profil :** il reproduit la posture de bébé dans le ventre, avec un bénéfice notoire : avoir la possibilité de voir dehors et de bien respirer, de pouvoir rassembler facilement ses mains et ses doigts près de la bouche et d'avoir les jambes croisées ou allongées contre votre ventre ①. L'autre avantage de taille est qu'on peut varier l'angle d'inclinaison et même pouvoir allaiter si besoin !

★ **Le portage ventral :** il permet de mettre bébé dans une position symétrique face à face avec le parent, de le rassurer ②. Ainsi il se sentira protégé des stimulations extérieures en particulier les 3 premiers mois et lorsqu'il dort. Il faudra toujours penser à bien maintenir sa tête et le plus haut possible sur votre poitrine afin de la garder à portée de bisous ! Il permet aussi de masser le dos de bébé simplement et efficacement ! Passez délicatement vos mains de haut en bas et de bas en haut.

②

2 Les massages

Le massage est sans aucun doute l'activité la plus complète quand on parle du bien-être, de la santé, de la motricité, du développement multisensoriel et affectif de bébé.

L'ambiance et le contexte

Voici **quelques principes essentiels qui vous permettront de prendre confiance en vous.** Bébé n'a pas besoin d'un professionnel du massage, il a besoin d'entrer en contact avec vous, c'est comme une chorégraphie, une danse à deux.

★ Regardez bébé dans les yeux et parlez-lui, chantez, accompagnez vos gestes de sons si ça vous chante !

★ Mettez une musique douce.

★ Baissez la lumière (surtout pas de plafonnier), baissez les stores.

★ Veillez à ce que la température soit agréable pour un bébé, mettez-le tout nu si besoin ! La température de ses pieds et ses mains seront un bon indicateur, bébé déteste le froid, pensez-y !

★ Débranchez votre téléphone et vos écrans.

★ Il ne faut pas masser bébé lorsqu'il pleure, qu'il semble souffrir ou qu'il est malade, « pour lui faire du bien », tout ce qu'il risque de mémoriser, si vous ne le massez que lorsqu'il va mal, c'est que douleur = massage et que le massage, à force, va donc lui rappeler ces circonstances. Non pas qu'il n'y ait pas de massage qui puisse apaiser une douleur, mais parfois, s'abstenir de masser est préférable. Ainsi, lorsqu'il sera plus grand, il appréciera alors les massages même lorsqu'il ira mal !

★ Improvisez selon votre intuition et la situation.

Conseils techniques

• Calibrez la durée du massage, c'est la qualité qui compte, pas la quantité.

• Dosez votre appui : ni trop appuyé, ni trop fuyant, de la présence tranquille.

• Allez au ralenti pour attendre ses réactions (des orteils qui s'ouvrent en éventail par exemple).

• Il n'est pas toujours indispensable de déshabiller bébé (on peut même le masser dans l'écharpe) vous pouvez le faire petit à petit ou vous pouvez garder bébé en pyjama afin qu'il ne prenne pas froid. Le body peut être conservé par exemple.

• Si vous massez votre bébé tout nu, alors il faudra impérativement de l'huile pour ne pas « frotter » la peau et l'irriter. Huile d'olive, beurre de coco, huile de chanvre, de cameline, de noyaux d'abricot auront votre préférence.

• Évitez de masser après la tétée ou le biberon, cela peut créer des régurgitations, surtout pour le ventre et le torse. Respectez un écart d'une heure minimum après le repas ! Masser un bébé, c'est comme lui faire faire du sport, d'ailleurs il pourra avoir faim beaucoup plus tôt que prévu, parfois en plein milieu du massage, alors soyez à son écoute !

Selon l'âge et la réaction

★ Pendant les 3 premiers mois, souvenez-vous, bébé a besoin de se « rassembler » et d'ailleurs cette posture a pour fonction de protéger les parties les plus vulnérables de son corps, son ventre, son torse, sa gorge et retrouver le cocon du ventre de sa maman. Vous pourrez constater qu'il sera très très sensible sur toutes les parties intérieures, celles qui ne touchaient pas votre ventre, torse, intérieur des bras et des jambes. Tandis que celles qui étaient sans cesse en contact, le dos, la tête (sauf exception), les jambes (genoux, fesses, pieds) sont très réceptives. Il ne faudra alors jamais forcer ou insister sur les zones sensibles.

★ Passé 3 mois environ, bébé s'ouvre au monde et ses bras et ses jambes se détendent et se déploient très facilement. Vous pourrez alors effectuer le massage partout, soyez patient(e) ! N'oubliez pas, votre bébé est une fleur qui s'ouvre, inutile de tirer sur les pétales !

UNE RÈGLE : ne jamais tirer sur les bras, l'articulation de l'épaule est bien trop fragile ! N'appuyez ni sur les globes oculaires, ni à l'avant de la gorge.

QUELLE PARTIE DU CORPS MASSER ?

Avant 3 mois et par ordre : pieds, jambes, fesses, dos et tête (si bébé veut bien) et ventre selon les cas : 5 min de massage par mois d'âge, ce qui veut dire 5 min environ le 1er mois, puis 10, puis 15 !

Après 3 mois : tout le corps, bras et jambes, torse et ventre. En règle générale, on dépasse rarement 20/25 min de massage d'un seul tenant.

Après 8 mois : selon l'envie de bébé et sa position, 4 pattes assis, debout...

Très important : vous pouvez effectuer le massage en plusieurs bouts (ou le même bout répété) à des moments différents de la journée, selon votre ressenti et la réaction de votre bébé !

3 Les massages des orteils jusqu'au sommet du crâne…

Rassurer : envelopper/contenir

LE BALUCHON

Ce massage consiste à rassembler les 2 jambes (et éventuellement les 2 bras), comme lorsque bébé était dans le ventre de la mère ①. Pour les nouveau-nés, c'est une posture très agréable qui leur rappelle de bon souvenir !

①

- ★ Desserrez la couche de bébé.
- ★ Repliez ses jambes, chevilles croisées, genoux écartés.
- ★ Effectuez des cercles en empaumant les genoux et les tibias de bébé ou bercez bébé de droite et de gauche.

Une autre option consiste à alterner une jambe pliée tandis que l'autre est tendue en saisissant les tibias et les mollets de bébé délicatement.

En toutes circonstances : les pieds, les jambes

S'il est une zone facile d'accès et qui ne nécessite aucun déshabillage compliqué, c'est bien les jambes et les pieds : lorsque vous changez sa couche par exemple, ou lorsqu'il est dans vos bras et que vous avec accès à ses petits petons. C'est un massage drainant et tonique. Commencez par une jambe puis faites de même sur l'autre jambe.

LE BRACELET

★ Vous allez glisser votre main autour de la jambe de bébé comme si vous enleviez un bracelet ②.

★ Prenez la cheville droite de bébé avec votre main gauche, insérez votre pouce et index en haut de la cuisse, puis glissez le long de la jambe jusqu'à la cheville

★ N'allez pas tout droit mais vrillez de droite à gauche en changeant de sens à chaque pli de l'aine, genou, cheville.

★ Vous pouvez alors intervertir les 2 mains et changer de sens avec la main gauche.

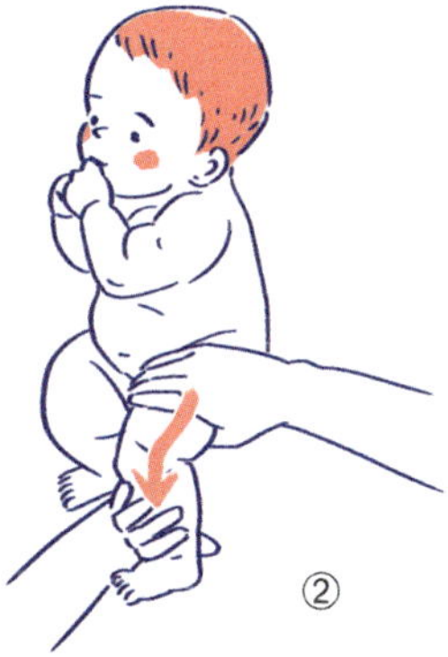

②

LE VISSAGE-DÉVISSAGE : TRÈS TONIQUE ET DRAINANT

③

★ Il s'agit de juxtaposer les 2 mains l'une contre l'autre, un peu comme si on tenait une longue-vue ③. Plus bébé est mince moins on met de surface, plus il est dodu, plus on peut utiliser toute la paume des mains.

★ Entourez la jambe de bébé avec ces 2 mains, puis remontez du pli de l'aine jusqu'à la cheville, tout en vissant dévissant en opposé des 2 mains.

LE PIED : UN PEU DE RÉFLEXOLOGIE PLANTAIRE

★ Prenez le pied de bébé dans vos deux mains jointes autour de la cheville

★ Glissez délicatement un pouce puis l'autre sur toute la plante de pied, comme une feuille qu'on voudrait déployer ④.

★ Surtout, attendez, une fois que votre pouce a quitté la plante du pied, que les orteils de bébé se déploient délicatement à la manière d'une marguerite.

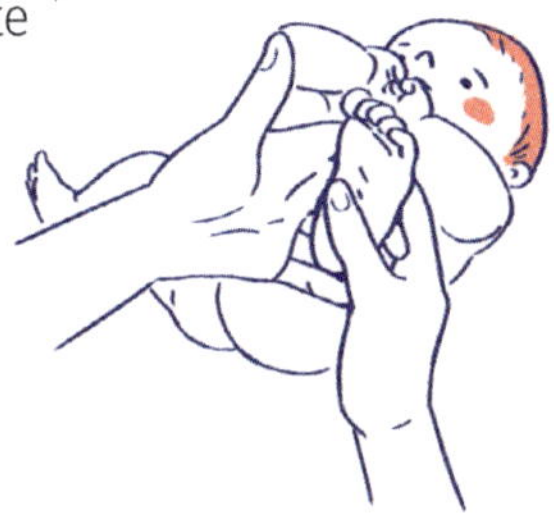

④

★ Dépliez les orteils, les uns après les autres et effeuillez-les comme on effeuillerait une marguerite : je t'aime - un peu - beaucoup - passionnément à la folie... en faisant le geste de jeter un pétale imaginaire au-dessus du visage de bébé et au-delà, pour qu'il puisse suivre votre geste.

★ Venez chercher les poussières entre chaque orteil en pinçant légèrement la petite peau. Et jeter les poussières réelles ou imaginaires très loin au-dessus de bébé. Vous pouvez aussi compter ou chanter une histoire de votre invention !

⑤

★ Enfin, saisissez la cheville de bébé, puis partez du talon avec les doigts puis le plat de la main et glissez jusqu'à votre coude sur la plante du pied tout en faisant coucou avec votre main en fin de parcours ⑤. Les bébés de 2 mois et plus adoreront le spectacle de cette glissade et cela leur donnera des indications précieuses sur la position de leurs pieds dans l'espace !

Le torse et les bras : tranquillement mais sûrement

Le torse et les bras sont souvent sensibles avant 3 mois, n'insistez pas si bébé garde fermement ses bras repliés sur lui. Posez simplement vos mains chaudes sur son torse et dès que bébé se sent plus en confiance, vous pourrez déployer ses ailes !

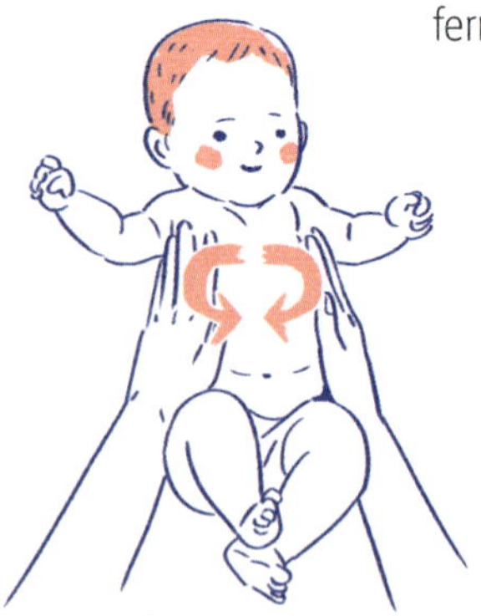

⑥

★ Posez la tranche de vos mains en salutation sur le sternum de bébé, puis, glissez toute la paume des mains, de chaque côté comme pour ouvrir un livre : terminez en enveloppant alors son torse de chaque côté sous les aisselles puis en bas des côtes ⑥. Puis remontez sur le sternum et recommencez.

★ Toujours avec le même geste de départ, déployez vos mains cette fois-ci sur les épaules en les enveloppant de toute votre main et terminez jusqu'au bout des doigts ⑦. Déposez délicatement ses bras sur le sol.

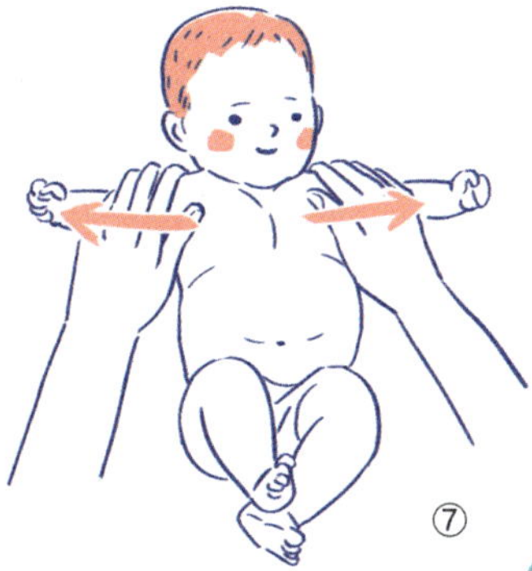

⑦

Les bras et les mains : en 3 temps

Vous pouvez faire comme pour les jambes, sauf le vissage-dévissage qui risque de trop tirer sur l'articulation de l'épaule. Vous vous contenterez du bracelet, de la glissade et de l'effeuillage.

★ **Le bracelet :** empaumez le poignet de bébé et avec l'autre main, formez un bracelet que vous allez glisser en faisant un tour de vis à chaque pli, aisselle, coude et poignet. Faites ce mouvement dans un sens puis dans l'autre.

★ **La glissade :** prenez son poignet, glissez l'autre main dans le creux de la main de bébé (s'il veut bien l'ouvrir) et avancez jusqu'à votre coude en faisant signe à bébé au passage.

★ **L'effeuillage :** pour les doigts, même scénario que pour les orteils ! Effeuillage de chaque doigt et chaque interstice (si bébé le veut bien !) et glissade de la main jusqu'au coude !

La tête et le visage : quand bébé est réceptif

Le massage de la tête et du visage est normalement très relaxant, mais tout dépend si bébé apprécie ! Vérifiez qu'il aime bien mais ne privez pas bébé de cette zone car c'est une zone tactile très importante. En plus de contenir le cerveau et être le départ de la moelle épinière, la zone du crâne, le cuir chevelu, le visage renferme de nombreux nerfs, de nombreux muscles, une circulation sanguine et lymphatique importante. C'est donc une zone de choix pour masser bébé, un peu comme les pieds, parce qu'on y a accès très facilement et en permanence, même dans l'écharpe de portage !

AUTOUR DES OREILLES

Cette zone est très sollicitée pendant les premiers mois, c'est vers elle qu'on ira en premier lieu. Faites un V avec votre index et votre majeur des 2 mains, puis glissez-les de part et d'autre des oreilles de bébé. Faites des mouvements d'allées et venues, des cercles également. Terminez en déroulant délicatement l'ourlet de l'oreille de bébé entre votre pouce et votre index tout en détaillant les circonvolutions de l'oreille.

LES LIGNES DU VISAGE

Ce massage ⑧ apaise des nombreuses tensions du visage tout en drainant les sinus en cas de rhume.

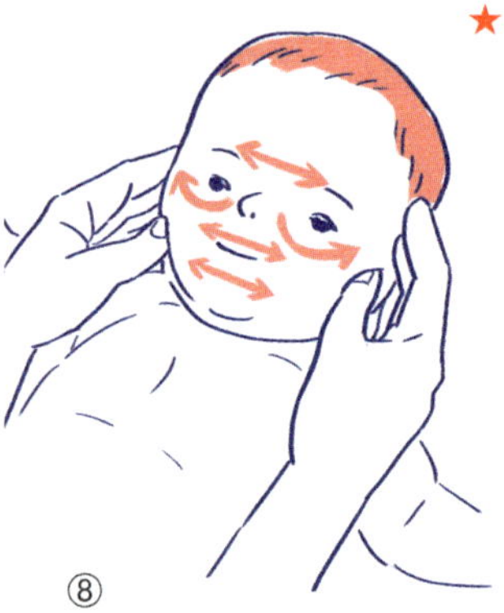

⑧

★ **Les gencives :** elles travaillent beaucoup à partir de 4 mois à cause des dents qui poussent. Inutile de venir les solliciter avant car cela stimulerait inutilement le réflexe de succion. Déposez délicatement vos index de part et d'autre des joues ou des tempes de bébé, puis venez glisser vos 2 pouces du dessous des lèvres jusqu'aux oreilles, en appuyant sur la gencive. Idem en plaçant les pouces au-dessus des lèvres pour faire la mâchoire supérieure jusqu'aux oreilles.

★ **Le nez :** effectuez le même geste que ci-dessus mais en partant des arêtes du nez pour glisser sous les pommettes jusqu'aux oreilles.

★ **Les arcades sourcilières :** même geste que précédemment mais en partant du dessus des sourcils pour aller cette fois-ci jusqu'aux tempes.

LE FRONT : HYPNOSE ET DÉTENTE

Zone hypnotique par excellence, c'est un terrain favorable à l'endormissement. N'en abusez pas trop cependant, bébé risque de ne plus aimer si vous ne le faites que pour obtenir son sommeil.

★ Passez une main et puis l'autre sur le front, de gauche à droite puis de droite à gauche.

★ Passez une main et puis l'autre mais cette fois-ci du haut vers le bas jusqu'à passer au-dessus des yeux, comme pour fermer les paupières mais sans y toucher. Bébé pensera que ce sont ses paupières qui se ferment et il s'endormira (peut être !).

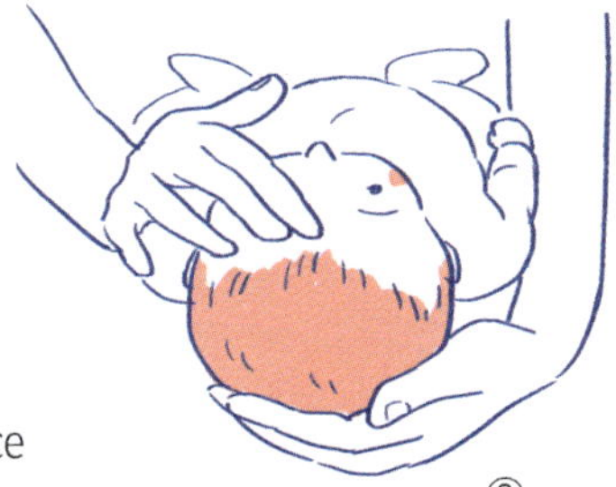

⑨

★ Utilisez un seul doigt pour dessiner des cercles hypnotiques au milieu du front ⑨.

LE CRÂNE

Très vascularisé, il grandit à vitesse grand V pendant la première année de bébé : inutile de dire le bien que vous allez apporter à bébé... sans appuyer mais comme pour faire un shampoing ! Écartez les doigts et venez masser toute la surface du crâne avec la pulpe.

★ Ce qui est chouette, c'est que vous pourrez faire ce massage en toutes circonstances, et en particulier lorsque bébé est dans vos bras ou en écharpe de portage.

★ L'huile aidera en particulier à dissoudre les croûtes de lait éventuelles, si vous la laissez toute la nuit et n'avez pas peur de tacher le matelas de bébé.

Séance

6

Optimiser le confort du tout-petit

Faire attention au confort corporel de bébé même lorsqu'il n'est pas dans vos bras, c'est lui éviter de nombreux pleurs, des réveils nocturnes, des désagréments physiques. C'est améliorer sa digestion, sa respiration, son développement harmonieux, sa motricité, son sommeil. Parfois bébé montrera son inconfort, parfois non ; il faudra vous fier à votre intuition et vos sensations et constamment avoir l'œil sur votre bambin.

Les principes à adopter pour prendre bébé dans ses bras sont les mêmes pour les autres situations du quotidien. En effet, vous devrez reproduire ce même cocon car vous ne pourrez pas le porter en permanence ! L'environnement matériel est aussi un pilier de son confort puisqu'il y passera une grande partie de sa vie. Il devra évoluer au fil du temps en fonction de sa mobilité, de sa motricité, de son développement. Le principal est de prendre de bonnes habitudes dès le départ.

Des besoins spécifiques et des principes simples

Dans un premier temps, il faut tenir compte de la physiologie et de la morphologie spécifique des bébés, avec sa vulnérabilité et son immaturité. Votre bébé est comme un bourgeon qui s'éveille et s'ouvre au monde, une fleur qui s'ouvre et se déploie pétale après pétale. Aux alentours de 3 mois, bébé franchira une étape qui l'ouvrira au monde ! Voici les besoins les plus importants de son développement jusqu'à 6 mois et leur évolution dans le temps pour vous donner des repères.

1 Besoin d'être contenu et protégé

Les besoins de bébé, outre la proximité, c'est de se sentir contenu, entouré, enveloppé surtout les 3 premiers mois comme s'il était dans vos bras. Comme nous l'avons vu dans le chapitre précédent (séance 5, p. 91), un nouveau-né a un besoin physiologique de rassemblement. S'il est à plat dos sans soutien, il n'a pas la possibilité de ramener ses bras et ses jambes près de lui, ce qui peut l'angoisser. C'est souvent pour cela qu'il pédale dans l'air : d'une part, il cherche à lutter contre la gravité et d'autre part, à retrouver l'enveloppement de votre ventre. Cela peut même provoquer des réflexes de Moro (comme si bébé sursautait en ouvrant brusquement les bras), qui peuvent survenir en plein sommeil tels des mouvements parasites et le réveiller bêtement.

Il n'est pas rare de retrouver bébé dans un coin après qu'il a réussi l'exploit de se déplacer pour trouver un appui ou un contact, ce qui risque de lui demander beaucoup d'efforts si 30 cm le séparent de la moindre bordure, c'est parce qu'il a besoin de limites rassurantes !

Du soutien mais pas n'importe où !

Il faudra se concentrer sur un soutien latéral jusque sous les épaules mais aussi sous les jambes. Qu'il s'agisse du sol, du transat, du landau ou du lit, il faudra que bébé se sente bien entouré ! Chaque bébé est différent et évolue selon son propre schéma. Il sera donc intéressant de veiller à faire évoluer l'enveloppe initiale et éloigner petit à petit le système de soutien ! Pensez-y et adaptez selon votre ressenti concernant le bien-être de votre bébé : certains bébés adorent être contenus à la naissance, mais ils détesteront peut-être cela 2 mois plus tard !

2 Besoin de respirer et digérer

Les premiers mois, les difficultés physiologiques de bébé vont beaucoup tourner autour de la digestion qui se met en place mais également dans ses capacités respiratoires. Dans un cas comme dans l'autre, il s'agit de deux nouvelles aptitudes pour le nouveau-né dont les fonctionnements étaient tout autres dans sa vie in utero. Patience et attention seront vos maîtres-mots.

Régurgitations et acidités

Elles peuvent survenir jusqu'aux 6 mois de bébé, car le système de clapet qui empêche la remontée des aliments n'est pas toujours fonctionnel).

L'ASTUCE EN PLUS : il faudra éviter de mettre bébé la tête plus basse que le ventre, et dans certains cas la mettre plus haute ! Un matelas incliné sera parfois nécessaire mais avec des aménagements. De même, la position assise bébé seul, même soutenu par des coussins, est à proscrire afin d'éviter toute compression des poumons et du système digestif haut et bas.

Le ventre

L'élimination et la bonne digestion dépendent de nombreux facteurs et peuvent être affectées par des compressions ou au contraire par l'impossibilité de replier les jambes vers soi (qui, comme l'accroupi facilite l'élimination). Les compressions du ventre sont tout aussi nocives !

L'ASTUCE EN PLUS : les habits trop serrés sont à éviter, la couche doit être assez relâchée (feriez-vous du sport ou du stretching avec un jean serré et une ceinture ?) : prévoyez large, même si vous risquez les fuites... Vérifiez que lorsque bébé a les jambes repliées, son ventre n'est pas comprimé par la couche.

Une colonne vertébrale très souple

Il faudra faire attention au poids de la tête et du corps, qui peuvent comprimer les organes internes. La colonne vertébrale qui, au départ est en léger arrondi (comme dans le ventre), va se déployer, se redresser, s'allonger, se renforcer. Un arrondi trop prononcé peut comprimer ses organes internes (le plus important étant de maintenir les jambes repliées afin de maintenir la pliure au niveau des hanches, ce qui facilitera la digestion et la sensation de sécurité).

L'ASTUCE EN PLUS : il faudra éviter une colonne trop repliée (comme lors d'un change classique durant lequel on remonte trop les jambes) ou au contraire des étirements inappropriés (jambes dans le vide qui créent une tension abdominale pour maintenir les jambes en bonne position). Le dos doit être maintenu dans une bonne position enveloppée mais pas comprimé, allongé mais pas sans soutien. Si on peut tolérer un léger arrondi au départ, le dos devrait pouvoir se positionner droit dès que bébé cherche à se déployer et s'étirer vers 2-3 mois.

Une tête très lourde et malléable

Elle peut peser sur les cervicales, sur la gorge (avant), sur la nuque (arrière), sur la cage thoracique et sur toute la colonne vertébrale si elle n'est pas maintenue en bonne place, et ce, même si bébé se muscle progressivement. Elle ne doit pas être relevée, cela comprime la zone de déglutition et de respiration. Son cou doit pouvoir se dégager, sa tête se tourner de droite à gauche et ne pas rencontrer d'obstacle car un petit bébé ne sait pas se dégager de lui-même si un coussin tombe sur son visage. De plus, la tête possède une structure encore très malléable du fait de son développement fulgurant de la première année (elle double de volume). C'est pour cela que si on maintient bébé systématiquement de nuit comme de jour sur le dos, le syndrome de la tête plate (ou plagio-céphalie) peut apparaître. Elle s'aplatit alors sur l'arrière ou sur un côté.

Il faudra également vérifier que bébé n'ait pas de torticolis, c'est-à-dire qu'il n'a pas tendance à tourner la tête toujours du même côté, cela peut être un torticolis congénital ou issu des pressions dues à sa naissance. Dans ce cas, la visite chez un ostéopathe s'impose ainsi que des mesures de précaution avec alternance des côtés lors du couchage !

L'ASTUCE EN PLUS : évitez d'installer bébé trop relevé dans un hamac ou dans une poussette dans lesquels il se retrouve tassé sur lui-même sans la possibilité de dégager sa tête et son cou ! L'angle ne doit pas dépasser 20 °.

En pratique

Des solutions concrètes

Tout système de portage, de maintien de bébé, qu'il s'agisse d'un lit, d'un landau, d'une poussette, d'un tapis d'éveil, doit tenir compte des principes précédents. Bonne nouvelle, vous verrez que la solution la moins onéreuse est souvent la meilleure !

1 Les erreurs à éviter

①

②

Voici un petit panel des positions à éviter les 3 premiers mois : bébé tassé, comprimé...

★ Le coussin d'allaitement trop proche ①. De plus, sur ce dessin, ses jambes sont dans le vide et ne lui permettent pas de se « rassembler » !

★ La colonne vertébrale trop arrondie ②. Il faudrait que son dos soit aussi maintenu par le coussin et pas seulement sa tête. La gorge est comprimée,la tête est relevée. Il faudra éviter les matelas et les coussins qui relèvent uniquement la tête.

★ Bébé tassé ③ : il faut le mettre beaucoup plus à l'horizontal.

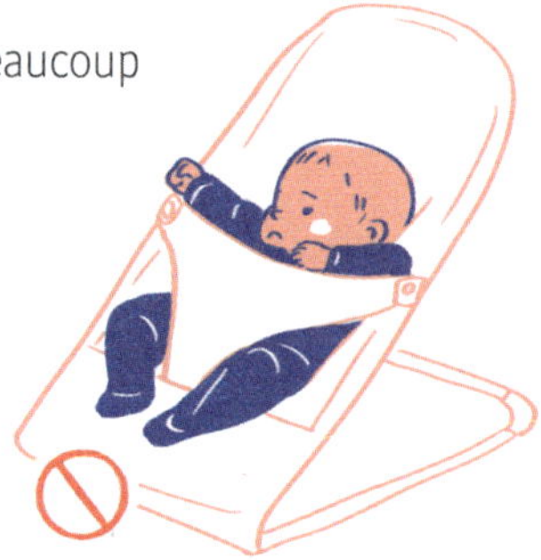

③

Enfin, trop d'enveloppe nuit à la bonne régulation de la température de bébé. S'il est trop entouré ou qu'un coussin venait à se placer sur son visage, il ne serait pas capable de se dégager et risquerait alors l'hyperthermie.

2 Créer une enveloppe pendant les 3 premiers mois

①

Voici quelques astuces pour créer des limites rassurantes pour bébé qui se sentira ainsi protégé.

★ **Réducteur de lit évolutif** ① : ainsi vous pourrez l'utiliser partout, dans votre lit, dans le lit de bébé, sur un tapis d'éveil.

★ **Nacelle ou couffin souple** ② : on peut transporter et poser bébé partout pendant les 3 premiers mois. C'est très pratique pour ne pas réveiller bébé quand on le transporte !

②

★ **Boudin (ou serviette souple roulée)** ③ : sa proximité évoluera dans le temps. Attention à ce que le boudin n'excède pas 10 cm de diamètre afin de ne pas entraver bébé. On pourra le glisser sous les jambes de bébé.

- **La bonne taille :** Il faut que l'on puisse tordre le boudin facilement dans tous les sens. Son diamètre est de 10 cm maximum. Pour la longueur, choisissez en fonction de l'usage : lit, landau, nacelle, couffin... Vous pouvez en avoir de différentes tailles dont un petit de 30 cm de long que vous glisserez sous les jambes de bébé.

- **Évolutif :** par la suite, on pourra écarter petit à petit ce boudin pour permettre à bébé de s'étirer et d'ouvrir ses bras vers 3 mois. Il pourra alors sentir son bord avec ses mains.

③

Avec un boudin ou une serviette roulée

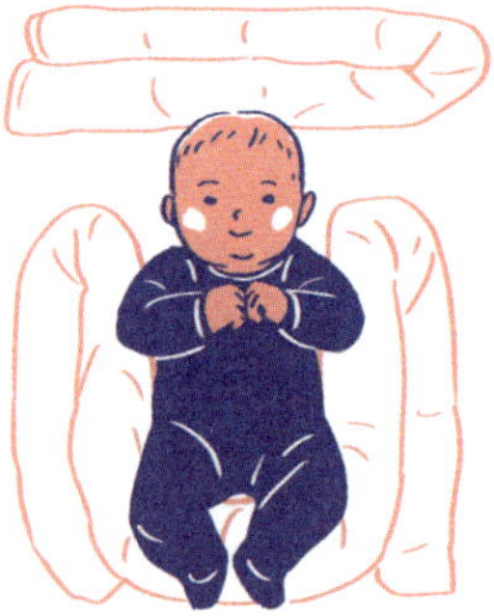

①

Ce boudin (ou serviette) passera sous ses jambes et viendra comme un U jusque sous ses épaules et les côtés de son dos ①. Baissez et repliez le boudin en M, de telle sorte que la tête soit toujours libre. Si bébé ressent le besoin de caler sa tête (le sommet de sa tête), rajoutez un boudin au-dessus mais qui laisse libre les côtés du visage. Des boudins en balle d'épeautre assez lourds, peuvent aussi faire l'affaire, l'un allant jusqu'à derrière la tête, l'autre juste au niveau du ventre.

ASTUCE

Glissez le boudin (ou la serviette) sous le drap-housse ②. Il ne bougera pas et ne gênera pas bébé en aucun cas tout en le maintenant : le drap tendu fournira une enveloppe agréable, comme un cocon aux pentes douces.

②

Le coussin d'allaitement

Idéal en toutes circonstances, on peut l'utiliser pour caler bébé facilement. La seule contrainte est que les 2 bras du coussin soient attachés pour que bébé ne s'enfonce pas entre les 2 bras, et risque un excès de chaleur et que sa tête ne soit trop relevée. Idem pour le côté, il s'agit d'éviter une trop grande proximité du coussin surtout au niveau de la tête.

①

★ Les 2 bras du coussin sont attachés et une housse recouvre le creux qui offre alors le cocon de bébé ①.

★ Ici le dos est soutenu, la tête peut rouler facilement de droite à gauche et on a rajouté un support sous les fesses pour maintenir les jambes rassemblées (vous pouvez rajouter un boudin à placer sous la housse.

★ On peut ainsi installer bébé légèrement incliné si besoin ou tout droit.

★ Pour garder rassemblé les 2 bras du coussin, vous pouvez enrouler une housse tout autour et vous pourrez ainsi installer bébé sur le côté sans crainte ②.

②

ASTUCE

Le coussin magique à fabriquer soi-même

Vous pouvez aussi recréer ce coussin avec 30 litres de micro-billes pour coussin d'allaitement (ou mieux de la balle de millet ou de sarrasin) et un carré de 50/50 de jersey extensible mais épais, doublé d'une housse de coussin elle aussi en jersey (ou une housse normale pour rendre l'ensemble plus rigide). Bébé est alors comme dans un vrai cocon souple qui s'adapte à la forme de son corps et sur lequel on peut l'installer sur le dos ou le côté. Le bonheur ! Vous pourrez utiliser ce coussin partout, notamment dans le train pour caler bébé… ou vous !

3 Position inclinée sur le dos pour faciliter la digestion

Bébé a souvent un système digestif sensible, c'est pourquoi une position inclinée s'impose parfois. Il existe bien entendu de nombreux matelas inclinés et transat comme nous le verrons, mais souvent bébé manque du soutien nécessaire sous les jambes et le corps pour l'empêcher de glisser. Vous pourrez alors utiliser l'astuce de la page précédente, en glissant une serviette roulée sous ses jambes et ses bras de bébé.

Attention, de manière générale, c'est tout son dos qui doit être placé sur le plan incliné, jamais la tête seule relevée, cela comprimerait sa gorge. Certains systèmes existent pour caler bébé afin qu'il ne roule pas sur le côté mais vous pouvez le créer dans son lit ou dans sa nacelle avec une serviette roulée sous le drap-housse du matelas relevé.

Le transat

Les principaux bénéfices du transat sont la position inclinée qui limite les régurgitations et le bercement qu'il propose. Il peut aussi s'emmener partout !

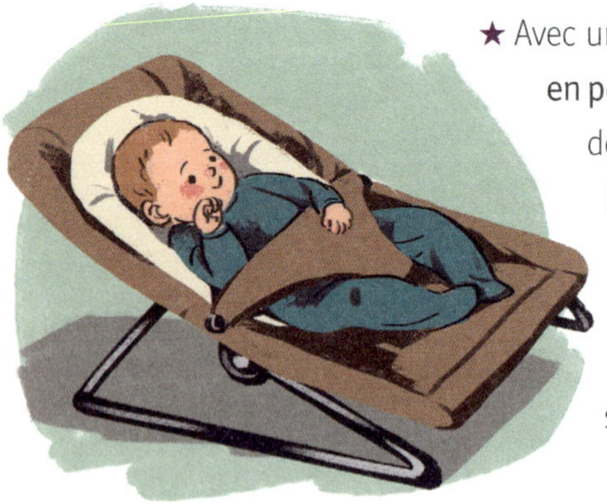

★ Avec un transat, il faut impérativement que **bébé reste en position allongée et pas assis,** auquel cas il risque de se tasser mais aussi de s'habituer sans maîtriser la position assise. Donc pas au-delà de 20° du sol, sinon il pourrait se tasser. Prévoyez là encore de rajouter un boudin sous les jambes pour les maintenir en bonne position repliée si besoin, surtout pour un nouveau-né.

★ **Comment savez-vous que bébé est trop relevé ?** Soit il est tassé au fond du transat car trop petit (ce qui peut augmenter les régurgitations et enlever le bénéfice initial), soit il relève la tête et essaie de se redresser ! Prévoyez alors de le mettre au sol sur un matelas molletonné dès qu'il a des velléités de mouvement, de torsion, en général vers 3 mois ! Ne l'habituez pas à la position assise, car il faut qu'il la trouve tout seul !

★ **À éviter :** mettre bébé en hauteur sur une table ou encore oublier de l'attacher. Évitez également de placer le transat à hauteur d'adulte. Au contraire, rejoignez votre bébé au sol, il se sentira (et vous aussi) en sécurité !

Les poussettes, landaus et sièges auto

Pour la poussette, c'est la même chose : bébé doit être en position allongée le plus possible tant que son tonus ne lui permet pas de tenir assis de lui-même, ce qui veut dire pas avant 6 mois en règle générale. Bref, les mêmes règles sont à appliquer pour la poussette que pour le transat, position allongée ou semi-allongée non tassée, avec boudin sous les jambes si besoin et bien attaché. On peut rajouter des éléments pour envelopper un nouveau-né : par exemple dans le landau (comme montré p. 114) pour le caler et l'apaiser. Attention cependant l'été lorsqu'il fait chaud, et même l'hiver ! L'air doit pouvoir circuler et bébé ne doit pas être trop emmitouflé. Nous verrons dans la séance 8 p. 136 comment avoir la bonne poussette pour son dos : très important !

★ **Pour les sièges auto,** c'est la même chose que pour les transats. Il y a des normes assez strictes qu'il faut suivre comme la position dos à la route pendant les premiers mois. Mais sachez qu'un bébé bien allongé dormira toujours mieux que s'il est tassé et relevé. Parfois, certains bébés n'aiment pas la voiture tandis que d'autres s'endorment immédiatement à l'intérieur. Il n'y a pas de règle et bébé fera souvent la loi dans la voiture, même la plus confortable !

★ Évitez cependant d'utiliser la coque trop longtemps (pas au-delà des 2-3 mois) ou systématiquement. **Si vous devez utiliser souvent la voiture, préférez un vrai siège auto évolutif** qui permet même à un bébé de 2 ans de s'endormir en position semi-allongée (avec des cale-tête pour éviter que la tête ne tourne de droite à gauche dans les tournants !) Il arrive également que bébé ait trop chaud dans son siège... Vous pourrez réguler la température avec des poches de glace enfouies dans des langes.

Des positions variées

Il est important de varier les positions de bébé, qu'il soit dans vos bras, éveillé, ou lors de la sieste. Quoi qu'il en soit, la nuit, il doit rester sur le dos pour des questions de sécurité. Pour cela, non seulement il faudra éviter les matelas, les coques (trop enveloppantes et trop relevées qui immobilisent le corps et le tasse sur lui-même), mais il faudra également alterner les positions sur le dos, sur le côté, sur le ventre, tout en vérifiant le confort et la sécurité de bébé.

Aux alentours de 3 mois, il faudra oublier ou minimiser les transats ou systèmes qui immobilisent son corps et privilégier un tapis de sol fin et souple où il pourra rouler à son aise comme bon lui semble !

Toutefois, assurez-vous que bébé est en sécurité. Veillez à ce que de là où vous l'avez posé, il ne risque pas de basculer de haut : même un matelas au sol de 5 cm, c'est trop haut pour un petit bébé qui roule ! Veillez aussi à ce que rien ne l'entrave (arceau de tapis d'éveil, meuble...) Attention en particulier aux tables à langer : ne jamais le quitter ni des yeux, ni des mains, ni même le laisser seul au milieu d'un lit adulte.

Séance

7

Améliorer l'endormissement et le sommeil de bébé

Le sommeil est sans nul doute le souci le plus partagé par les parents d'un nouveau-né. Le bien-être de bébé en dépend mais aussi celui de toute la famille, frères et sœurs compris. Pourquoi ? Parce que la privation de sommeil est une des raisons qui peut nous rendre fous à la longue, provoquer la dépression, l'épuisement, les disputes dans le couple, voire des répercussions sur notre profession. Déculpabiliser, prendre du recul, lâcher prise et avoir de l'humour sera la meilleure façon de bien vivre les nuits avec bébé.

Les 3 premiers mois sont souvent une épreuve après celle de l'accouchement. Or, c'est le moment où la maman a justement besoin de récupérer. Il n'y a pas de cas de figure identique et c'est bien là que réside la difficulté, l'absence de protocole, de mode d'emploi. La parentalité est un apprentissage au jour le jour qui nous demande de nous réinventer continuellement et dont la posture n'est pas si éloignée de celle que nous avons avec les autres adultes. Aimeriez-vous qu'on enseigne à votre conjoint quelques astuces pour que vous soyez sage et tranquille lorsqu'il rentre tard ? Ou qu'on lui enseigne un massage magique pour que vous vous endormiez rapidement à poings fermés dès 22 heures sans nous en apercevoir ? Votre petit n'est pas une machine à dormir mais un être intelligent, sensible à votre bien-être. Il ne désire qu'une seule chose, être en contact avec vous, corps et âme.

La mode, pendant des décennies, a consisté à laisser les bébés pleurer et « faire leurs poumons » quand on estimait qu'une couche propre et un estomac bien rempli étaient suffisants pour assurer son bien-être. C'était oublier les nourritures affectives ! Et nous avons alors vu émerger plus récemment des parents dédiés totalement à leur bébé : c'est la même erreur, mais dans le sens inverse ! C'est oublier combien le sommeil de votre bébé est dépendant du vôtre et du besoin de vous sentir en paix, surtout pas en tension, comme... attendre qu'il s'endorme ! N'oubliez pas, bébé a des antennes et s'il vous sent stressé(e) et angoissé(e) alors, il ne dormira pas bien non plus. Il a besoin d'un pilote dans l'avion ! Alors, prenez les commandes et trouvez votre rythme !

Où bébé doit-il dormir ?

Le lit doit bien sûr être adapté aux besoins d'un bébé, sécurité, proximité, douceur comme nous l'avons vu dans la séance 4 (voir p. 79). Pour être honnête avec vous, je déconseille, pendant les premières semaines, de mettre bébé dans une chambre séparée de la vôtre, sauf s'il peut dormir dans la chambre d'un frère ou d'une sœur, d'où vous pourriez l'entendre. Mais là encore, les réveils nocturnes peuvent affecter le plus grand et vous mettre plus de pression... Donc, à voir... Pourquoi faire en sorte que bébé soit proche de vous ? Pas seulement pour des questions de maternage proximal, mais surtout parce que cela va simplifier grandement votre vie nocturne !

★ Ce n'est pas seulement une question philosophique (bébé doit-il dormir dans la chambre des parents) mais une question d'économie d'énergie. Devoir se lever pour aller dans une autre chambre dans le noir au milieu de la nuit demande 20 fois plus d'énergie que de tendre les bras pour saisir son bébé, sachez-le et cela vous réveillera beaucoup plus, assurément ! Vous avez besoin de sommeil et ces quelques minutes, ces gestes évités vous feront gagner des heures de sommeil sur le long terme !

★ Les bébés sont des mammifères et ont besoin de présence à leurs débuts pour se rassurer et bâtir leur confiance dans le monde. La solitude est une punition bien sévère pour un petit qui était habitué au mouvement, au parfum, au goût, à la chaleur, au contact, aux sons, et au grand ramdam de votre ventre.

★ Ce passage difficile est un investissement à long terme qui vous sera rendu plus tard par une bien plus grande autonomie affective de bébé. Et puis vous découvrirez peut-être que vous aussi avez besoin d'être en contact avec votre bébé ! Attention, c'est toujours lui qui doit être demandeur, vous ne devez rien lui imposer.

Certains parents ne supportent pas le bruit de porte grinçante que peuvent faire certains bébés la nuit et on les comprend. Ce sera à vous d'ajuster, naturellement. C'est vous le pilote de l'avion, ne l'oubliez pas.

Anecdote

Mon premier enfant était très tonique et très décidé. Lorsqu'il a su se déplacer, marcher à 4 pattes et se redresser, il s'est mis en tête de passer par-dessus les barreaux de son lit (qui n'était pas à hauteur réglementaire je l'avoue) et venir nous rejoindre vers 5 heures du matin. En bonne mère bien éduquée et formatée, j'ai rajouté des barres pour qu'il ne vienne pas nous rejoindre. Il a quand même réussi à passer ce nouvel obstacle. J'ai alors lâché prise et me suis aperçue que non seulement, je n'avais pas envie de me lever pour le forcer à rester dans son lit, mais que j'avais moi aussi un besoin physiologique de l'avoir tout contre moi en fin de nuit !

Et vous quels sont vos besoins ?

C'est bien entendu un ajustement personnel et chaque famille, chaque couple, chaque enfant devra trouver son rythme à lui ! Il n'y a pas de lois, juste des besoins spécifiques. Certains ne supporteront pas d'avoir leur petit dans leur lit et d'autres adoreront. Sachez que les bébés savent toujours mieux que vous ce dont vous avez besoin ! Après il y a la question du couple !

Pour préserver le couple

Il est important pour le couple que le papa s'implique aussi la nuit : si vous laissez un fossé important s'installer pour s'occuper de bébé la nuit, ce sera dur d'en sortir et de remonter la pente. C'est primordial pour la maman qui doit récupérer. Tout ne doit pas peser sur elle, surtout les premiers mois où elle récupère. Mais c'est aussi important pour le papa afin qu'il tisse des liens solides avec son bébé.

Si bébé ne fait pas ses nuits après 6 mois, employez les grands moyens : c'est le papa qui s'occupe exclusivement de bébé la nuit, biberon d'eau, câlins, bercement pendant que maman reste enfermée à double tour dans sa chambre...

On ne le répétera jamais assez : ne laissez jamais votre bébé pleurer tout seul dans son coin, ce n'est pas la bonne méthode ; les chercheurs ont prouvé le stress que cela représente pour un tout-petit.

En pratique

Donner de bonnes habitudes pour la nuit

Le sommeil correspond au passage de l'état de veille à l'état de sommeil. Il est indispensable à notre survie. Il n'est d'ailleurs pas réservé à l'être humain et son évolution dans l'histoire de l'humanité, ses liens étroits avec l'alimentation et le besoin de sécurité, peuvent nous faire comprendre comment nous y prendre au mieux et surtout nous déculpabiliser lorsque ça ne marche pas ! On peut toujours rattraper les erreurs, qui n'en sont pas toujours, rien n'est jamais joué !

1 L'aménagement dans le lit parental

Nous avons vu dans la séance 4 tous les aménagements qui vont permettre à bébé de se sentir bien et de trouver apaisement et sécurité, nacelle souple, berceau, réducteur de lit, literie.

Pour ceux qui feront le choix d'avoir leur bébé dans leur lit, cela nécessite des aménagements et des règles strictes. Mieux vaut prévoir à l'avance que de prendre des risques par négligence ! Car il arrivera sans doute que bébé s'endorme dans votre lit par mégarde.

★ **L'espace de bébé** doit clairement être délimité et « protégé » au milieu du lit entre les deux parents ou près du mur si le lit est contre le mur.

★ **Aucune couette ou coussin** ne jouxtent le visage de bébé, il faudra donc écarter et éloigner tout objet car il arrive qu'un coussin ou que la couette se retrouve sur le visage de bébé qui ne peut se dégager seul.

★ **Si vous êtes épuisé(e)**, ne mettez pas votre bébé dans votre lit et prévoyez une solution de secours.

★ **Il vaut mieux éviter de dépasser les 3 mois,** car bébé va avoir besoin de plus de place. Son espace vital devra s'élargir impérativement.

★ **Passez au cododo** si ce n'est pas déjà fait ! Et réservez ce temps de câlins nocturnes au petit matin : votre sommeil sera beaucoup plus léger et vous ne risquerez pas d'oublier la présence de bébé dans votre lit.

★ Il faut que bébé ait **sa propre protection contre le froid** : turbulette, surpyjama.

Une technique possible

★ Utilisez une serviette roulée ou un boudin de 10 cm de diamètre maximum, que vous pliez en 4 suivant la taille de votre bébé.

★ Placez l'ensemble sous la housse de matelas.

★ Installez bébé dans le creux. Sa tête doit être au-dessous de la ligne des plis, ses épaules, ses bras, ses jambes soutenus par le tissu tendu sur le boudin. Ajustez en fonction de sa taille.

★ Le dispositif doit être au niveau de la tête des parents, de telle sorte que bébé se retrouve légèrement au-dessus d'eux.

★ Veillez à ce que votre couette aille sous les jambes de bébé, pas par-dessus, il ne sera pas dérangé ainsi.

★ Bébé doit avoir une gigoteuse ou un surpyjama qui passera par-dessus la couette.

Découvrir vos besoins... en tâtonnant !

Il m'est arrivé de vouloir faire du cododo avec ma petite fille qui avait alors 2 mois, dans mon lit, entre mon mari et moi : mon bébé ne dormait pas bien, son sommeil était entrecoupé également. Il m'arrivait de me réveiller en sursaut, paniquée et d'imaginer que ma petite fille ne respirait plus. J'ai décidé alors de la mettre dans un lit à barreaux à côté du mien. Là encore j'étais séparée d'elle par des barreaux et j'étais à nouveau angoissée et frustrée de ne pas pouvoir la toucher comme je le souhaitais. Elle ne dormait pas bien non plus. Cela s'est réglé lorsque j'ai mis un lit cododo, collé à mon lit et que je pouvais toucher ma fille, mettre ma main sur elle sans avoir peur de l'écraser.

Qu'ai-je appris de cette histoire ? Que **bébé ressent nos peurs les plus enfouies.** Peu importe votre choix de literie, de cododo ou pas. Votre bébé est connecté à vous : la cohérence cardiaque nous apprend que les ondes électromagnétiques issues du cœur sont non seulement 5 000 fois plus fortes que celles du cerveau mais dépassent les 2 à 3 m autour de vous, idem pour bébé. **Cela veut dire que vous communiquez cœur à cœur, même à distance de 3 m !**

Pensez donc que votre petit bout d'homme veut prendre soin de vous (il dépend totalement de vous), même si c'est quelque chose de totalement occulté. Votre bien-être est le socle de son bien-être, vos besoins sont aussi importants que les siens ! En ce qui me concerne, j'avais besoin d'écouter mes besoins de sécurité et mes besoins de proximité tactile avec mon bébé. Les nier, c'était pousser mon bébé à les exprimer à sa manière et les assumer à ma place.

2 L'emmaillotage

Longtemps utilisé pour maintenir bébé tranquille et bien endormi pendant que les adultes vaquaient à leurs occupations, l'emmaillotage revient en force mais avec des améliorations notoires : ses qualités principales sont la sensation de contention du corps de toutes parts (dos, bras, épaules, jambes, dos) et le continuum qu'il offre après votre ventre douillet. Bien sûr, si l'emmaillotage est la poursuite du ventre, mais à l'extérieur, il faudra le faire évoluer, puisqu'à terme, bébé n'est pas censé rester contenu mais doit se déployer, en particulier vers 3 mois ! Il ne peut être qu'une solution temporaire et évolutive laissant bébé de plus en plus libre ! L'emmaillotage peut se faire la nuit bien sûr mais aussi le jour !

Les règles d'or de l'emmaillotage

★ Il ne faut pas qu'il soit trop serré et doit permettre à bébé de respirer et gigoter.

★ Bébé doit pouvoir avoir accès à ses mains et ses doigts et donc, ne pas avoir ses bras plaqués contre le corps mais repliés non loin de sa bouche.

★ Les jambes doivent être repliées mais pas comme dans votre ventre en particulier si votre bébé souffre de dysplasie des hanches. Dans tous les cas, vérifiez avec votre pédiatre qu'il n'y a pas de contre-indication. Dans tous les cas, les genoux doivent être ouverts sur le côté, les jambes ne se croisent pas et les pieds vont vers le bas.

★ Le tissu de l'emmaillotage doit être en stretch (jersey avec élasthanne). Il en existe sous forme de tricot stretch ce qui l'agrémente d'une fonction respirante.

★Un grand lange souple de 100 x 100 cm replié sous forme de triangle ou un rectangle de jersey de 130 x 60 cm fera très bien l'affaire.

Mode d'emploi

★ Placez bébé au centre du tissu, tête et cou au-dessus de la limite supérieure ①.

★ Ramenez le pan droit sur bébé en remontant sa main gauche près du cou. Glissez ce pan de tissu sous son bras droit puis sous le corps de bébé ②.

★ Remontez le tissu du bas (ou la pointe du triangle) et coincez-le en haut du premier pan devant le sternum de bébé. Les jambes doivent pouvoir gigoter avec les genoux remontés vers le ventre. Éventuellement, vous glisserez un boudin sous les jambes de bébé, si elles étaient trop dans le vide ③ !

★ Repliez le pan de gauche sur votre droite en repliant son bras droit vers son visage et glissez le pan sous le corps de bébé ④ ! Il faut qu'on voie les mains de bébé près du visage ⑤.

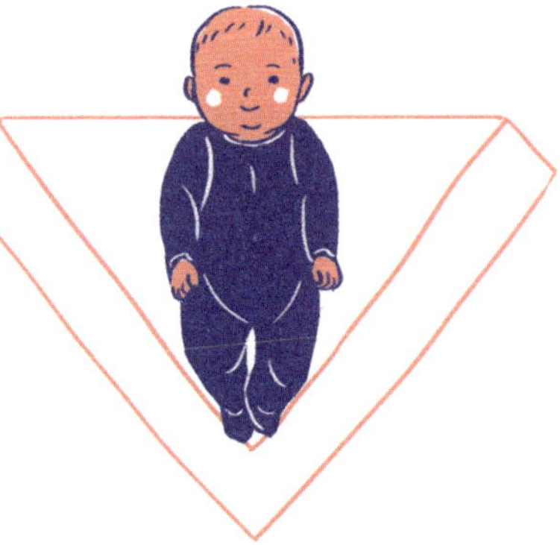

①

②

③

④

Et voilà le travail ! Au fur et à mesure que bébé grandit, relâchez de plus en plus le tissu, jusqu'à libérer les jambes, puis les bras ! Peut-être que c'est bébé qui sortira de lui-même ses bras hors du maillot ! Vous pourrez remplacer cet emmaillotage par une turbulette ou un surpyjama !

⑤

3 Comprendre les mécanismes du sommeil pour donner de bonnes habitudes

Si vous comprenez les principes d'endormissement du sommeil de bébé, alors vous saurez les erreurs à éviter et les bonnes habitudes à donner à bébé pour l'aider à mieux dormir. Voici 3 principes importants.

Téter et s'alimenter la nuit

On l'oublie bien souvent, le cerveau de bébé est en plein développement pendant la première année : il double de volume. Ses besoins en acides gras et en nutriments essentiels sont vitaux et ce, de manière régulière pendant cette première année et en particulier tant qu'il n'a pas de réserve personnelle ! Et de quoi a besoin son cerveau pour se construire ? D'acides gras qu'il vient puiser directement dans son alimentation.

À sa naissance, ses réserves en gras dans son corps sont limitées et c'est pour cela qu'il lui faut un apport régulier extérieur qu'il ne peut pas trouver en lui : s'il est allaité, cet apport est immédiatement digéré et utilisé : d'où le besoin de renouveler cet apport assez souvent (en tout cas plus que le biberon dont le cycle de digestion-utilisation peut durer 3 heures).

En revanche, dès qu'il est dodu à souhait (entre 2 et 4 mois), il pourra venir puiser dans son propre garde-manger personnel. Voilà pourquoi bébé prend autant de gras durant les 6 premiers mois pour atteindre une première apogée vers 1 an, âge auquel il commence à marcher et puiser dans ses réserves pour son activité physique et où sa courbe de poids stagnera alors qu'il poursuivra sa croissance.

LE SAVIEZ-VOUS

Ne pas faire ses nuits au début, c'est normal

Un nourrisson qui ne fait pas encore ses nuits à 2 ou 3 mois, ce n'est pas bien grave. Il remplit son garde-manger, ce qui est plutôt bon signe après la naissance jusqu'à 2 mois. Vous êtes sûr(e) que le cerveau de bébé ne manque de rien. C'est aussi une question d'hydratation : un tout-petit qui ne tète pas assez souvent la nuit, surtout en plein été, risque la déshydratation. C'est parfois pour cela qu'on vous incite à réveiller votre bébé la nuit lorsqu'il dort trop longtemps. Si c'était le cas, installez bébé le plus près de vous (son berceau juste à côté de vous), afin qu'il sente votre odeur et votre présence. Certains bébés trop fatigués ne se réveillent qu'avec votre parfum et vos bras, c'est le meilleur stimulant ! Le plus important : s'endormir et se rendormir !

Les phases du sommeil

Lorsque nous nous endormons, nous nous montrons vulnérables. À une époque où le danger régnait (Préhistoire, temps difficiles...), dormir comportait des risques. L'être humain n'est pas séparé de son histoire ! Et bébé n'y échappe pas. Le passage de l'endormissement nécessite un lâcher-prise que nous effectuons tous chaque soir mais aussi à chaque fin de phase du sommeil. Chez l'adulte, cette phase dure environ 1 h 30, durant laquelle il va passer par différentes vagues de sommeil, le sommeil lent profond étant le plus réparateur, celui où nous sommes coupés du monde extérieur.

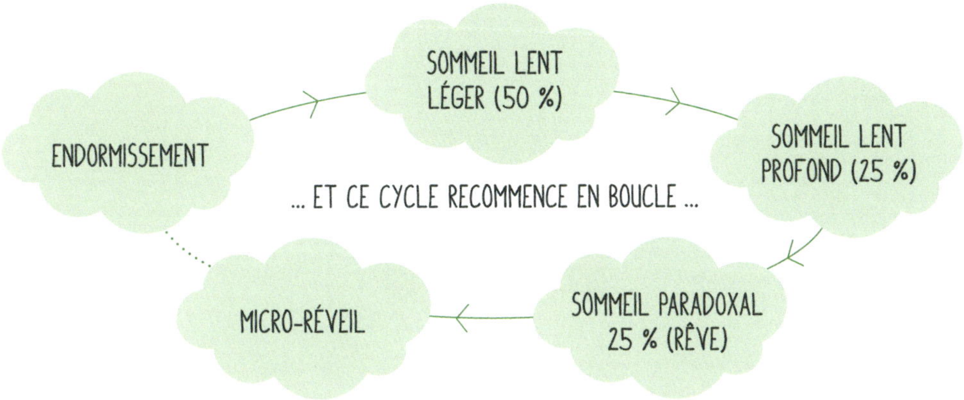

Le besoin de succion de bébé au cours de l'endormissement

Il faut comprendre que votre bébé va prendre des habitudes pour s'endormir et que ce sont ces habitudes qui vont régir son sommeil. Ce besoin de succion est donc tellement puissant qu'il va l'amener à réclamer cela pour se calmer et s'endormir, perpétuant ainsi le cycle, allaitement = sommeil, sommeil = allaitement, ou tétine = sommeil, sommeil = tétine. C'est pour cela que bébé peut avoir du mal à faire ses nuits, même au-delà de 3 mois, voire un an parfois !

Comment ne pas réveiller un bébé quand on le pose, enfin !

Beaucoup de parents luttent désespérément pour endormir leur bébé. Mais dès qu'ils le « posent », bébé se réveille et c'est la même ritournelle qui recommence : bercer, donner le sein, la tétine, le petit doigt... Bébé encore une fois n'est pas idiot, il a bien compris que dès qu'il s'endort profondément, vous le posez et partez en douce, même si vous restez juste à côté. Il n'est plus en contact avec vous, alors il se réveille. Il a programmé ses alertes et dès que les signaux de « pose bébé dans son lit » se mettent au rouge, il se réveille car il sent qu'on essaie de le tromper ! L'erreur consiste à ne plus faire aucun bruit, ne plus lui parler, ne plus le toucher, ne plus le bouger. Ce sont autant d'indices que vous n'êtes plus là. Et bébé déteste ne pas savoir où vous êtes ! Le jeu va alors consister à ne pas quitter bébé juste après l'avoir posé mais garder le contact le temps qu'il s'endorme tranquillement et profondément

LE SAVIEZ-VOUS

Sachez qu'on peut déplacer un bébé qui dort sans le réveiller car il est dans une sorte d'état d'hypnose. On peut même le prendre et le poser délicatement. Tant qu'on l'avertit de ce qu'on fait et qu'on l'informe, tout ira bien !
C'est un vrai cadeau que vous faites à votre bébé et que vous vous faites à vous-même, car, quelles que soient les circonstances, vous n'aurez plus jamais peur de le réveiller !

4 Pour aider bébé à faire ses nuits : une bonne habitude

Tout d'abord, ne tentez pas l'impossible pendant les premières semaines. Si bébé fait ses nuits, réjouissez-vous ! Aux alentours de 6 semaines, on atteint le pic des pleurs du soir en général (mais là encore, rien de définitif). Attendez donc 8 semaines pour mettre en place un nouveau rituel pour le sommeil. Jusque-là, laissez bébé s'endormir comme il peut, souvent au sein car cela l'épuise de téter. Le problème, c'est qu'il n'en était qu'à son entrée et qu'il lui faudra y revenir à 3 fois pour terminer son repas : d'où la sensation fréquente de chaos des tétées les 2 premiers mois ! Avec le biberon, bébé sera plus vite repu.

La technique
(au sein, au biberon, avec une tétine ou petit doigt)

Lorsque bébé a au-delà de 2 mois (ou dès que vous le sentez), observez-le lorsqu'il a fini sa tétée et qu'il est bien repu, en train de s'endormir. En général, à cet âge, bébé est capable de prendre son repas en une seule fois. Il est aussi capable de s'endormir sans tétine dans la bouche.

★ Enlevez alors délicatement votre sein (ou sa tétine) de sa bouche (en glissant votre petit doigt momentanément) et installez-vous confortablement avec bébé dans vos bras, genoux bien remontés pour faciliter la digestion, sa tête bien posée sur votre poitrine ou votre cou. À noter, le papa peut très bien faire l'affaire !

★ Rajoutez des coussins sous vos bras pour faire un cocon (le coussin d'allaitement sera très bien). Pour éviter toute tension, mettez des coussins contre vos lombaires pour ne pas être tassé(e) ainsi qu'un autre coussin pour caler votre tête et détendre vos cervicales ainsi que vos abdos ①.

①

★ Puis relaxez-vous sans vous endormir tout en câlinant votre bébé et en lui parlant. Utilisez toutes les astuces possibles pour vous détendre, vous. Imaginez que votre corps fond au soleil et respirez profondément, si possible en abdominal. Votre relaxation va se transmettre à bébé via les neurones miroirs...

★ Restez ainsi 20 min environ. Non seulement, bébé fera un rot très probablement pendant ce laps de temps (rien d'obligatoire cependant, n'en faites pas une attente vitale, caressez doucement son dos tout simplement de haut en bas), grâce à la position redressée, mais il y a de forte chance qu'il s'endorme profondément au bout du compte.

★ Parlez-lui doucement et dites-lui que vous allez le poser dans son berceau, dites-lui la vérité ! Il apprendra à vous faire confiance. Si jamais il était nécessaire de changer sa couche (si selles uniquement), expliquez-lui simplement ce que vous faites sans craindre de le réveiller. Sachez que c'est la peur de le réveiller qui le réveille. Utilisez une lumière d'appoint ou une liseuse, ce n'est pas le moment de mettre les projecteurs !

★ Puis posez-le dans son berceau/couffin (ou son lit cododo, ou son espace réservé dans votre lit) en continuant à lui parler et en lui caressant la tête (évitez la joue) puis le ventre. Laissez si possible votre main sur son ventre ②.

Si tout le monde est bien installé et en sécurité, vous pouvez vous aussi vous endormir ainsi. Bébé sentira que vous dormez et sera rassuré.

Ainsi, votre bébé apprend à s'endormir petit à petit, sans rien dans la bouche. Lorsqu'un micro-réveil arrivera, il pourra se rendormir sans problème, sans sein, sans tétine, sans petit doigt. Et si jamais il trouve son pouce ma foi pourquoi pas, c'est son choix ! Et voilà le travail, tout le monde dort !

②

Séance

8

Accompagner la motricité de son enfant en toute confiance

Tant que bébé ne parvient pas encore à se mouvoir, il est très dépendant de nos bras et de notre attention. Dès qu'il commence à maîtriser certains mouvements comme attraper ses pieds ou son mobile, se retourner, rouler, ramper, il découvre qu'il peut atteindre (parfois) ce qu'il souhaite. Mais cette prise de pouvoir sur son corps et sur la gravité ne va pas sans frustrations, essais, erreurs, échecs et déceptions : des pleurs et des colères peuvent survenir. Sachez que cela ne fait que commencer car on n'a jamais fini d'apprendre. Rappelez-vous que vous aussi, vous vous êtes déjà énervé(e) car vous ne parveniez pas à faire telle ou telle chose (sport, geste technique, geste de précision, marche d'un appareil...)

Qu'à cela ne tienne, bébé est très persévérant mais il a encore besoin de notre attention, de notre soutien (mais pas de nos interventions intempestives), de notre regard bienveillant et surtout de notre confiance en ses capacités. Certains parents pensent qu'il faut aider impérativement bébé pour qu'il parvienne à bon port, qu'il s'assoie, qu'il marche, qu'il attrape un jouet. Bien sûr, nous avons envie de l'aider, de lui montrer comment faire. Et pourtant, le laisser faire avec la certitude qu'il y parviendra de lui-même sera l'attitude la plus efficace et la plus pertinente à moyen et long terme. Donner à son bébé l'accès à l'autonomie, c'est éviter de nombreux pleurs et colères, et c'est lui donner une estime de soi et une confiance en lui qui se répercuteront sur tous ses apprentissages futurs. C'est aussi vous permettre d'économiser de nombreux efforts et une charge mentale bien trop lourde à porter

Prenez de bonnes habitudes dès le départ, ainsi, votre enfant saura en grandissant qu'il possède les capacités pour aller là où il a envie d'aller ! Un vrai cadeau valable pour toute la vie, pour lui comme pour vous !

Lui faire confiance pour qu'il se fasse confiance

Faire marcher un bébé, par exemple, nous valorise en tant que parent mais ne permet pas à bébé de s'exercer à son rythme, de trouver ses propres appuis, de muscler ses chevilles et ses jambes d'une bonne manière, ni d'aligner sa colonne vertébrale correctement. Non seulement nous lui envoyons un mauvais message en nous précipitant : « Tu n'y arriveras pas sans moi ! » mais surtout, nous ne lui permettons pas de prendre confiance en lui ni de chercher et trouver la bonne solution.

Cela ne veut pas dire qu'il faille le laisser tomber s'il trébuche ou qu'il faille le laisser pleurer tout seul jusqu'à ce qu'il trouve. Il convient davantage de le surveiller à distance en respectant ses recherches. Imaginez un professeur qui serait sans cesse au-dessus de votre épaule alors que vous êtes en train de rédiger votre copie. Que ressentiriez-vous ?

Nous entendons souvent de fausses croyances validant l'incompétence ou l'immaturité d'un bébé, et pourtant ! Le risque lorsqu'on développe ce type de croyances, c'est qu'elles deviennent des prophéties autoréalisatrices. En effet, votre bébé vous adore et adore vous faire plaisir. Ainsi, si vous criez à votre enfant : « Attention, tu vas tomber ! », il y a fort à parier qu'il vous obéira ! Je vous propose donc d'inverser ces croyances, de les transformer et d'être persuadé(e) que votre bébé est compétent, capable, persévérant, concentré, qu'il sait ce qui est bon pour lui et surtout qu'il n'y a pas plus éveillé que lui. Ses postures sont d'une justesse sans pareil, à l'égal de celles d'un yogi ! Alors admirez l'artiste !

Apprendre à le laisser faire seul

Tout est une question de dosage et parfois, bien évidemment, un bébé aura besoin de vos mains ou de vos bras pour le soutenir. Sachez cependant que votre vrai job de parent (qui est aussi le plus difficile qui soit) va être de mettre vos mains derrière votre dos afin de ne pas intervenir systématiquement ! Pour trouver votre équilibre, appliquez ces 2 règles :

★ Lorsque vous voulez aider bébé, faites en sorte que votre soutien ne dépasse pas les 20 % de l'effort que produit votre bébé. Si votre bébé ne parvient pas à effectuer le bon geste (roulade, marcher, grimper...), ce n'est pas grave. Il y arrivera en temps voulu ! Accueillez sa frustration comme un élément nécessaire à son développement.

★ Ne mettez jamais votre bébé dans une position qu'il ne maîtrise pas par lui-même, qui le mette en danger ou le fasse pleurer. Par exemple, ne l'asseyez pas s'il ne sait pas le faire seul. Vous pouvez en revanche l'installer assis contre vous !

En pratique

Les techniques pour accompagner sa motricité

Voici un petit guide de postures, massages et portage qui évitera bien des malentendus et donnera des ailes à votre bébé, mais aussi à vos bras qui vont rudement s'alléger par la même occasion.

1 Des points d'appui pour prendre son envol

Lorsque bébé cherche ses marques et effectue ses premiers déplacements, il est important d'aller dans son sens tout en le protégeant. Il faut lui indiquer la bonne voie sans tout faire à sa place, cela devient un jeu d'équilibre ! Vous éviterez les sources de frustration (et donc les pleurs) tout en lui donnant les clés de son autonomie !

Pendant toute cette phase d'apprentissage de sa motricité naissante, prévoyez le bon matériel pour que bébé se sente en sécurité. Il s'agira essentiellement pendant cette première phase d'un tapis molletonné peu épais.

Bébé se redresse dans vos bras et pousse sur ses jambes

Aux alentours de 4 mois, votre bébé veut se mettre debout et tend ses jambes de toutes ses forces lorsqu'il est dans vos bras, mais c'est encore trop tôt pour son dos et son bassin ! Glissez votre bras ou votre main sous ses fesses et soulevez ainsi une partie de son poids afin de le soulager d'une charge trop importante sur ses hanches (un peu comme s'il était dans l'eau).

La flexion arrière

Vers 5 mois ou plus, votre bébé se jette en arrière lorsqu'il est sur vos genoux. Accompagnez son mouvement afin de protéger ses cervicales et laissez-le la tête vers le bas autant qu'il le souhaite (cela lui permet d'ouvrir sa cage thoracique, et c'est une très bonne posture qui irrigue le cerveau) à condition de l'aider à se relever avec une main sous la nuque pour éviter toute tension inutile.

Faire des abdos (ou pas)

Il arrive que lorsqu'il est dans un transat ou sur la table à langer, bébé veuille se relever face à vous en s'aidant de ses abdominaux. Ne tirez pas sur ses bras mais glissez plutôt votre main derrière sa nuque et aidez-le à se relever. Vous pouvez plutôt l'inviter à rouler sur le côté pour éviter trop de tension dans son cou !

Rouler du dos sur le ventre

Pour aller dans le sens de la roulade, et donc du mouvement qui sera le plus naturel et le plus facile pour lui dans un futur proche, ne le relevez jamais de manière frontale en forçant sur ses abdominaux. Préférez la roulade sur le côté (voir la séance 3, p. 62).

La position ventrale

Vers 4-5 mois, bébé commence à vouloir se retourner mais il hésite. Tant qu'il n'aime pas être sur le ventre et pleure dès qu'on l'y laisse trop longtemps, n'insistez pas. Si votre pédiatre vous a invité(e) à le mettre en position ventrale, (pour éviter la plagiocéphalie en particulier), alors mettez votre bébé sur un coussin d'allaitement ou sur un boudin, les bras devant ①, afin de positionner son dos correctement. Ainsi, il pourra relever fièrement sa tête sans tensions ! Cette position est idéale pour un massage du dos et permettra une stimulation en douceur de ce dernier.

①

Massage en position ventrale

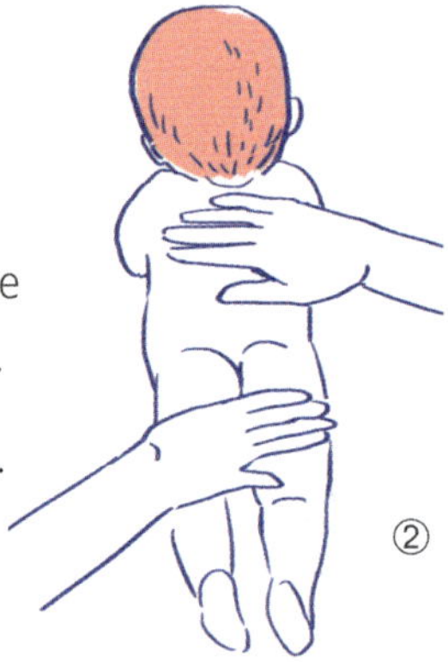

★ Partez du haut du dos, puis glissez une main après l'autre jusqu'aux fesses, puis jusqu'aux pieds, s'ils sont accessibles ②.

★ Une seule main peut suffire si vous avez bébé dans les bras.

Rouler du ventre sur le dos

Bien souvent, une fois sur le ventre (surtout lors de ses premières tentatives), bébé se retrouve coincé sans parvenir à retourner sur le dos et pour cause, ses bras l'en empêchent. Prenez alors délicatement un de ses bras et allongez-le devant lui, puis vers l'intérieur, sous son cou. Le poids de sa tête va alors le faire basculer sur le dos en torsion. Accompagnez le mouvement afin que sa tête soit amortie délicatement.

Rouler sans effort (après 4 mois)

Pour aider bébé à rouler, il y a 2 techniques simples.

★ La première est de le faire rouler sur un tapis molletonné confortable, comme précédemment, du dos sur le ventre puis d'enchaîner du ventre sur le dos en veillant à ne pas bloquer son bras au passage. Cela donne la roulade-massage qui va beaucoup plaire à bébé vers 4 mois ou lorsqu'il est prêt à se retourner et participe activement à l'exercice !

★ L'autre méthode consiste à utiliser la gravité. Si vous parvenez à trouver un pré en pente très douce (10° maximum) et que votre bébé a déjà l'expérience du retournement (vers 4-5 mois), alors étendez une grande couverture sur le sol. Placez ensuite votre bébé en haut de la couverture, allongé perpendiculairement à la pente, et attendez qu'il roule jusqu'en bas de lui-même. S'il fait beau et que bébé n'a pas d'habits qui puissent le gêner... pourquoi pas le faire tout nu, le bonheur ! Recommencez tant que cela amuse votre bébé.

Ramper et tourner

Ramper est une action complexe qui demande une coordination précise. Bébé va passer beaucoup de temps à tenter d'avancer, car, la plupart du temps, il va reculer sous la poussée de ses bras ou tourner comme une horloge du fait de l'asymétrie de ses gestes. Qu'à cela ne tienne, placez discrètement vos mains derrière ses pieds, comme des starting-blocks afin de lui permettre d'avancer petit à petit. Veillez à placer sous lui une couverture molletonnée car il aura bien souvent « la tête dans le guidon » comme s'il était un vrai GI passant sous un barbelé ! Petit à petit il trouvera ses propres appuis.

2 Marcher à 4 pattes

Marcher à 4 pattes nécessite beaucoup d'adresse et de force (il faut décoller du sol) et la capacité de coordonner non seulement le haut et le bas, mais aussi la droite et la gauche : la maturité du corps calleux, la structure qui relie l'hémisphère gauche et l'hémisphère droit, est primordiale. Il s'agit ni plus, ni moins que de nager sur le sol (si bébé était dans l'eau, cela se ferait tout seul). Bébé commence alors par ramper (comme un lézard), ce qui est une étape indispensable et termine par la marche à 4 pattes qu'aucun animal ne pratique vraiment. En effet, l'être humain se tient sur ses mains et sur ses genoux, un mouvement inédit dans le monde animal !

Bien souvent, bébé va parvenir à se mettre à 4 pattes mais cela lui prendra encore du temps avant de réussir à avancer. Il restera en position de table, se balançant d'avant en arrière jusqu'à trouver la solution… Eurêka ! Ce temps de recherche, c'est aussi beaucoup de frustration à laquelle vous ne pouvez pas grand-chose si ce n'est vous mettre au sol, à sa hauteur, afin de lui offrir une présence bienveillante sans intervention ni stimulation !

ASTUCE

Pour aider bébé dans sa recherche de coordination (ramper et marcher à 4 pattes), rien de mieux que de le mettre dans une position ventrale lorsqu'il est dans le bain (l'eau libère sa motricité naturelle). Placez votre bras sous son sternum dès qu'il tient bien sa tête (vers 4 mois environ) : bébé va alors s'amuser à repousser le bord de la baignoire avec ses pieds et rebondir joyeusement et libérer ainsi la mobilité conjointe de ses bras et de ses jambes ! Cela le prépare, l'air de rien, à la marche à 4 pattes au sol !

La diagonale

Autre proposition en style massage, la diagonale, permet à bébé de créer des liens entre le haut et le bas, entre la droite et la gauche. C'est une stimulation perceptive qui va accompagner la motricité sans intervenir pour autant.

★ La diagonale de face ① : placez vos deux mains à plat sur le torse, glissez alors une main vers la hanche puis jusqu'au pied tandis que vous glissez l'autre main vers l'épaule puis jusqu'au bout des doigts et des orteils en restant quelques secondes sur les extrémités. Vous pouvez bien sûr répéter et faire les deux diagonales, de face.

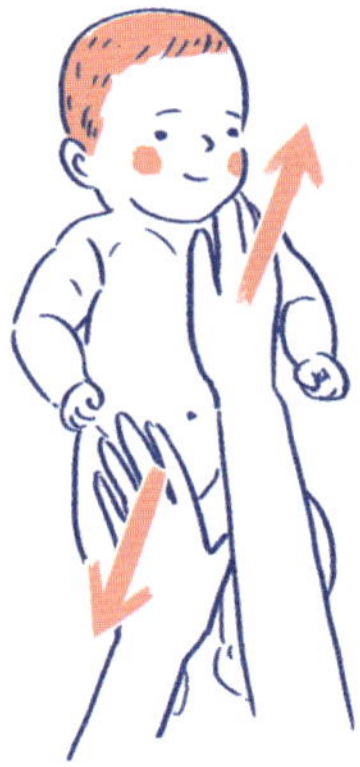

①

★ La diagonale dos ② : c'est la même chose ! Mettez vos deux mains au centre du dos, bien à plat, puis, partez d'un côté vers l'épaule puis jusqu'à la main et de l'autre, vers la hanche jusqu'au pied.

②

3 Se verticaliser, se redresser, grimper et… marcher !

Pour cette étape, prévoyez des objets et des meubles stables : table basse, tabouret, coussins ou matelas épais, mais aussi trotteur ou chariot de marche.

Cependant, sachez que votre corps sera le terrain de jeu favori de ses expériences : devenez pour votre bébé toboggan, planche, cheval, rampe ou matelas, barre de soutien, mât de navire ou branche d'arbre. **Tout est possible à condition de respecter une seule règle : n'intervenez que très peu dans ses mouvements, et restez immobile… ou presque !**

S'asseoir

Bébé, après ou pendant l'acquisition de la marche à 4 pattes, va poursuivre son apprentissage en se mettant à la verticale. Inutile de le mettre assis tout seul, façon trépied (sauf contre vous, son dos contre votre ventre ou vos bras), car même avec des coussins, cela ne ferait que le mettre en insécurité. Ce n'est pas parce qu'il tient assis par miracle qu'il faut l'y mettre ; il doit le faire par lui-même, et c'est hélas la seule solution pour qu'il ne risque pas de tomber en arrière sans parvenir à retenir sa chute. Bref, laissez-le chercher

①

et trouver, d'ailleurs, la première position assise de bébé n'est pas le trépied mais la posture du héros ①. Une jambe devant, une derrière, qui le protège des chutes avant ou arrière tout en lui permettant de faire du 4 pattes dès qu'il en a envie !

Soyez patient, et admirez sa persévérance mais aussi le dos droit de votre bébé, avec un alignement parfait de sa colonne vertébrale, quelle merveille !

Dans la poussette

Pour consolider la position assise dès qu'elle est acquise, appliquez simplement ces règles :

★ De nombreuses poussettes permettent d'attacher solidement bébé au dossier, incitant bébé à quitter sa posture droite et naturelle.

★ S'il faut protéger bébé pour éviter une chute, abaissez le dossier au maximum et rallongez les sangles de telle sorte que bébé, lorsqu'il est éveillé, puisse se tenir assis, droit et sans appui dans le dos.

★ Prévoyez une assise longue afin que ses jambes ne pendent pas dans le vide. Ainsi, bébé, tel un cavalier sur sa monture, va muscler son dos dans le bon sens et renforcer sa sangle abdominale. S'il y a une barre devant ses mains sur laquelle il peut s'agripper, alors c'est l'idéal ②.

★ Lorsqu'il dort, laissez-le s'allonger presque à l'horizontale : vous protégerez ainsi son dos et ses cervicales !

②

Grimper

Passée cette étape de la position assise, bébé n'aura de cesse de se déplacer dans tous les sens pour pousser l'exploration encore plus loin ! Grimper (sur un tabouret, une table, un meuble, des escaliers) va devenir son prochain objectif, parfois même avant la marche. Mais le problème lorsque l'on grimpe, c'est qu'il faut descendre... et c'est bien là que le bât blesse. Bébé est tel un petit chat qui grimpe aux arbres mais ne sait plus redescendre et pour cause, il a la fâcheuse tendance à vouloir le faire la tête la première.

Il faudra alors lui montrer la bonne manière de faire car pour lui ce n'est pas évident de marcher à reculons, ce n'est pas naturel. Bref, lorsque bébé veut descendre d'une marche par exemple, invitez-le à tourner le dos à la route et faites glisser ses jambes et ses fesses en premier ③. Bébé comprendra vite l'intérêt de ne pas mettre sa tête en danger, ses fesses étant à ce stade bien mieux fournies et protectrices que son crâne !

③

Si bébé a grimpé en hauteur (sur un matelas épais par exemple) mais se questionne sur la descente :

★ montrez-lui le sol et toquez avec votre poing pour qu'il entende le bruit qui indique sa dureté (parquet, carrelage...),

★ puis toquez doucement aussi sur sa tête et sur la vôtre, plutôt que de lui dire, « Attention tu vas tomber ».

★ Retournez-le à 180° et invitez-le à se laisser glisser au sol. Ce conseil est aussi valable pour les escaliers !

Se redresser et se mettre debout

★ Dernière étape avant la marche et pas des moindres : **se mettre debout.** Certains bébés mettent du temps avant d'oser le faire et d'autres seront plus téméraires. Là encore, inutile de pousser et redresser bébé de force en tirant sur ses bras ! Il va tout d'abord se mettre dans des positions accroupies qui sont bénéfiques à plus d'un titre et qui lui permettent de se stabiliser sur ses pieds, mais surtout de jouer des heures sans danger ! Guidez-le pour cette étape vers des objets et des meubles stables, comme le canapé ①.

①

★ Les chaises : mieux vaut prévenir que guérir. Bébé ne doit pas faire l'expérience de chaises qui basculent avec lui en arrière, cela peut faire très mal ! Aussi, préparez-le et prévenez-le dès que vous le voyez se redresser sur ses deux pieds.

★ Mettez-le debout à côté de la chaise, accrochez ses mains sur les barreaux à l'arrière ②, glissez un bras derrière son dos et maintenez-le fermement.

★ Puis faites bouger la chaise en lui montrant son instabilité. Expliquez-lui que ce n'est pas stable.

★ Enfin, clou du spectacle, faites-le chuter avec la chaise tout doucement et au ralenti, en arrière, presque jusqu'au sol, pour qu'il comprenne de quoi il s'agit et les risques du meuble. Ainsi prévenu du risque, il sera beaucoup plus prudent et réfléchira avant de s'accrocher à un meuble aussi peu fiable !

Il va sans dire que cette technique s'applique à toute situation qui mettrait bébé en danger de chute. En effet, le meilleur moyen d'éviter les chutes chez bébé est encore de l'exercer à chuter en toute sécurité. Par exemple, le gros ballon de jeu peut

②

faire office d'excellent support pour faire rouler bébé dessus presque jusqu'au sol, en le maintenant par les hanches. C'est un moyen très pratique de préparer bébé à ce qui l'attend ! **Les bébés sont intelligents et apprennent vite, sachez-le !**

Gardez votre sang-froid

Il arrivera inévitablement que bébé grimpe parfois sur des meubles en hauteur ou en haut d'un escalier, car on ne peut pas avoir les yeux partout. Votre attitude calme et attentive peut tout changer !

- Lorsque vous surprendrez bébé dans une position délicate et en équilibre instable, restez calme et approchez-vous le plus doucement possible, sans crier ni vous exclamer !
- Prenez alors votre bébé le plus affectueusement et fermement possible en lui précisant que vous avez eu peur, mais ne le grondez jamais ! Non seulement vos cris risquent de faire tomber bébé de là où il est, mais surtout il ne vous appellera plus jamais si, un jour, il a besoin de vous et préférera risquer de se faire mal au lieu de demander votre aide !

Marcher… enfin !

Les tentatives de bébé pour se déplacer à la verticale sont un véritable exploit d'équilibriste, sachez-le. Lorsqu'un équilibriste se trouve sur un fil, retenez-vous votre souffle, ou bien est-ce que vous l'appelez plutôt afin de l'encourager ? C'est pareil pour bébé. Il apprend à s'équilibrer sur ses 2 petits pieds (minuscules au demeurant en comparaison à sa grosse tête) puis à perdre son équilibre pour le retrouver l'instant d'après : un vrai jeu d'adresse ! Bien souvent, il va se mettre debout et rester plusieurs minutes sans bouger avant de se lancer. Ne vous précipitez pas pour le faire marcher ! Laissez-le faire à son rythme et mettez-le pieds nus si possible afin de muscler ses chevilles et son bassin comme il le faut. Laissez-le marcher sur différentes surfaces, même irrégulières et ne le forcez jamais en le tenant par les mains ①. En effet, il aurait alors les bras étirés, le dos cambré et projeté vers l'avant, une très mauvaise posture pour lui, comme pour vous d'ailleurs !

N'intervenez que très peu dans ses mouvements, et restez immobile... ou presque !

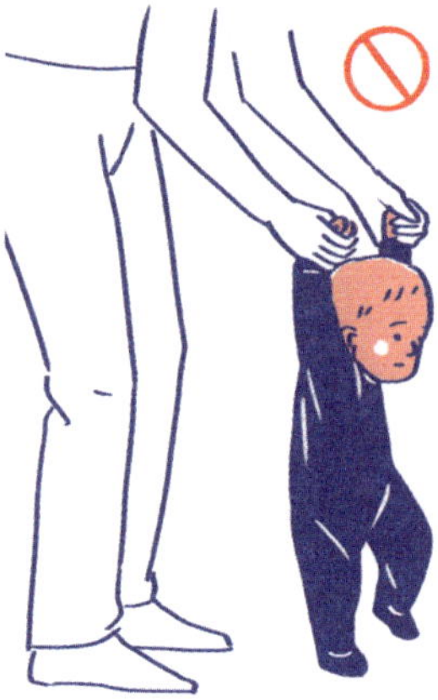

①

ASTUCE

Retenez votre souffle et tendez vos bras. Bien que cela ne soit pas obligatoire, votre observation attentive et votre regard seront ses meilleurs appuis ! Sa joie sera votre plus belle récompense !

4 Le portage face à la route pour stimuler la marche

Si vous souhaitez stimuler sans danger la marche chez votre bébé, eh bien il faut marcher avec lui dans vos bras face au monde, comme s'il marchait lui-même ! Peu de personnes le savent car c'est une étude récente, mais les bébés savent « marcher dès la naissance » avec une coordination visuo-spatiale et proprioceptive.

Marcher est un réflexe inné

Vous connaissez peut-être le réflexe de marche d'un nouveau-né lorsqu'on pose ses pieds sur une surface : il alterne les 2 jambes. Ce réflexe a disparu à ses 2 mois.

En revanche, la chercheuse Marianne Barbu-Roth a découvert un réflexe de marche stimulé par la vision. Placez un nouveau-né au-dessus d'un tapis à damier noir et blanc roulant dans sa direction et il aura ainsi l'impression qu'il « avance ». Il se mettra alors à bouger en rythme en alternant les bras et les jambes, comme s'il marchait ! Un miracle ? Non, bébé est un futur marcheur et cette marche fictive va perdurer dans le temps pour se transformer en véritable marche dès que bébé aura la musculature et l'équilibre nécessaires !

Donner à bébé l'impression de marcher dans le bon sens

Pour favoriser la notion de marche, rien de tel que de porter et transporter bébé face à la route, et ce dès qu'il le demande et qu'il est bien éveillé (en général entre 2 et 4 mois). Sentez-vous libre de le porter dans vos bras, dans une écharpe ou encore même de le mettre dans une poussette plus tard, lorsqu'il se tient assis (voir le paragraphe sur la poussette p. 146).

Aimeriez-vous vous déplacer à l'envers ? C'est ce que vit bébé lorsque vous l'avez face à vous en permanence. S'il vous repousse et veut regarder dans le sens de la marche lorsqu'il est dans vos bras, c'est alors le bon moment pour le mettre face au monde.

CONSEIL

Si vous le portez en écharpe ou dans vos bras, vérifiez simplement qu'il ne se cambre pas, qu'il est installé comme s'il était assis et que son poids soit bien réparti, sans contrainte pour son dos.

Trouver l'équilibre grâce à la vue

D'aucuns diront que cela va le sur-stimuler : mais diriez-vous par exemple qu'un chaton qu'on installe dans un grenier plein de souris, est trop stimulé ? Bébé a un besoin physiologique d'exercer sa vision dans le sens de la marche et de développer sa vision binoculaire lointaine pour pouvoir appréhender le monde en 3d, mais aussi pour stimuler son système vestibulaire qui est le système de l'équilibre. Ces acquisitions sont vitales quand on marche à la verticale comme nous l'avons vu, et c'est ce que conseille la chercheuse Marianne Barbu-Roth !

Cela n'empêche pas de remettre bébé face à vous dès qu'il est fatigué et qu'il souhaite trouver un refuge et s'endormir ou encore lorsque l'environnement ne le permet pas (rue bruyante et agitée) !

Épilogue

Nos enfants nous font grandir tout autant que nous les faisons grandir : l'éducation est bien plus une affaire réciproque qu'une relation à sens unique. Apaiser un bébé dépend de notre équilibre et du soin que nous leur prodiguons.

Les parents que je rencontre quotidiennement, par leurs questionnements, leur vulnérabilité, leur authenticité, m'ont aidé à faire de moi la professionnelle que je suis devenue, de la même manière qu'ils ont pu trouver une oreille, une écoute, un soutien dans leur vie. Tout est lié !

Ce livre veut vous donner confiance, vous mettre au volant de votre vie de parent, de la même manière que vous souhaitez voir votre bébé confiant, heureux et autonome ! Vous êtes compétents et votre bébé aussi !

INDEX

TABLE DES MASSAGES

TABLE DES POSTURES

TECHNIQUES DE PORTAGE

Dans la même collection

Pour plus de conseils et d'astuces, rendez-vous sur :

PARENTIPS

Développement de l'enfant, scolarité, vie quotidienne ou activités ; retrouvez de nombreux contenus d'experts pour les enfants.

www.parentips.fr

© Hatier – 8, rue d'Assas, 75006 Paris
ISBN : 978-2-401-07602-0

IMPRIM'VERT Votre imprimeur agit pour l'environnement

PAPIER À BASE DE FIBRES CERTIFIÉES

Hatier s'engage pour l'environnement en réduisant l'empreinte carbone de ses livres. Celle de cet exemplaire est de : 700 g éq. CO_2
Rendez-vous sur www.hatier-durable.fr

Achevé d'imprimer par l'Imprimerie de Champagne à Langres – France
Dépôt légal : 07602-0/01 - janvier 2021